阅 读 滋 养 人 生

读名家，品经典，助成长

专家审定委员会

名家名作阅读课程化书系 快乐读书吧

世界经典神话与传说

SHIJIE JINGDIAN SHENHUA YU CHUANSHUO

文晓会 编译

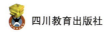
四川教育出版社

图书在版编目（CIP）数据

世界经典神话与传说 / 文晓会编译 . — 成都 : 四
川教育出版社 , 2020.7
ISBN 978-7-5408-7352-3

Ⅰ . ①世… Ⅱ . ①文… Ⅲ . ①神话 – 作品集 – 世界②
民间故事 – 作品集 – 世界 Ⅳ . ① I17

中国版本图书馆 CIP 数据核字（2020）第 107597 号

世界经典神话与传说

文晓会◎编译

出 品 人	雷 华	
策划编辑	任 舸	
特约策划	段晓猛	
责任编辑	杨 波	
责任校对	马 林	
装帧设计	鹿 琳	
责任印制	田东洋	
出版发行	四川教育出版社	
	地　　址	四川省成都市黄荆路 13 号
	邮政编码	610225
	网　　址	www.chuanjiaoshe.com
排版制作	文贤阁	
印　　刷	合肥市广源印务有限公司	
版　　次	2021 年 6 月第 1 版	
印　　次	2021 年 6 月第 2 次印刷	
开　　本	880mm×1230mm　1/32	
印　　张	5.5	
插　　页	8	
书　　号	ISBN 978-7-5408-7352-3	
定　　价	23.80 元	

如发现质量问题，请与本社联系。总编室电话：（028）86259381

营销电话：（028）86259605　邮购电话：（028）86259605　编辑部电话：（028）85623358

名家名作阅读课程化方案

　　阅读是同学们汲取知识、提升能力和素质的重要途径。同学们如何阅读才能获益最多？本丛书为同学们量身制订了一套科学合理的课程化阅读方案，包含阅读规划、阅读要点、阅读攻略等，旨在帮助同学们实现有价值的阅读，通过阅读提高自己的综合素养，丰富自己的精神世界。

系统阅读规划

阅读阶段	阅读群体	阅读要求	推荐书目	推荐理由
第一阶段	1~2年级学生	能流畅阅读浅显的童谣、儿歌、童话、寓言等，培养阅读兴趣	《和大人一起读》《读读童谣和儿歌》《孤独的小螃蟹》《一只想飞的猫》《"歪脑袋"木头桩》《小狗的小房子》《小鲤鱼跳龙门》《神笔马良》《七色花》《愿望的实现》《一起长大的玩具》……	作品内容浅显，全书注音，注重快乐阅读，符合低龄学生的阅读特点
第二阶段	3~4年级学生	养成读书习惯，能理解作品大意，广泛查阅并与同学交流图书资料	《安徒生童话》《格林童话》《稻草人》《中国古代寓言》《伊索寓言》《克雷洛夫寓言》《中国古代神话》《世界经典神话与传说》《看看我们的地球》《灰尘的旅行》《人类起源的演化过程》……	阅读这些作品，不需要有专业知识就能理解作品大意，并能学到新知识
第三阶段	5~6年级学生	能够主动进行探究性阅读，提升文学素养	《中国民间故事》《欧洲民间故事》《非洲民间故事》《西游记》《红楼梦》《三国演义》《水浒传》《小英雄雨来》《爱的教育》《童年》《鲁滨逊漂流记》《汤姆·索亚历险记》……	作品内容相对来说比较深刻，有益于提高学生的思考能力
第四阶段	7~9年级学生	广泛阅读各种名著，能通过阅读名著认识社会、感悟人生，提高综合素质，学以致用，举一反三	《朝花夕拾》《白洋淀纪事》《湘行散记》《猎人笔记》《给青年的十二封信》《骆驼祥子》《昆虫记》《钢铁是怎样炼成的》《泰戈尔诗选》《简·爱》《儒林外史》……	作品所反映的内容与现实密切相关，可以满足学生对社会、人生的探索。作品所体现的美好品质对学生的成长有着激励作用

快乐阅读要点

　　品读经典，与经典同行，和文学巨匠来一次心灵的碰撞，让自己的灵魂接受一次全新的洗礼，相信你会有绚丽的人生。本丛书设置了多个阅读辅助栏目，提炼阅读要点，帮助同学们在快乐阅读中培养兴趣、增长见识、启迪心智。

培养兴趣 | PEIYANG XINGQU

　　为培养同学们的阅读兴趣，本书每一章节前均设置了"名师导读"栏目，简单介绍章节内容，巧妙提出相关问题，吸引同学们持续阅读。另外，本书配以精美的插画，生动的画面能够激发同学们的阅读兴趣。

增长见识 | ZENGZHANG JIANSHI

　　名著是人类智慧的结晶，是知识的源泉。为帮助同学们开阔视野，增加知识储备，更好地理解名著的意蕴，本书设置了"阅读速递""延伸阅读"等栏目。

启迪心智 | QIDI XINZHI

　　任何一部名著都有着深刻的内涵，给人以启迪。它们或教育人奋发图强，或教育人永不言败，或教育人韬光养晦，或教育人懂得感恩……本书的"品读赏析"栏目旨在概述作品内涵，向同学们传达成长智慧，启迪同学们的心智。

　　读书是一门学问，讲求方法和原则。为使同学们能科学读书、有效读书，我们提供了以下几种行之有效的阅读方法。

1 泛读

　　泛读即广泛阅读，指读书面要广，要求广泛涉猎各方面知识。古人云："读书破万卷，下笔如有神。""读万卷书，行万里路。"多读书，尤其是多读名著，有益于开阔视野，充实自我。

2 速读

　　速读即快速阅读，指对作品迅速浏览一遍以掌握其全貌。古语云："五更三点待漏，一目十行读书。"运用速读法读书，可以加快阅读速度，增加阅读量。

3 跳读

　　跳读即略读，指读书时把不重要的内容放在一边，选择重要部分进行阅读。有时读书遇到疑难问题无法解惑时，也可以先跳过问题继续往下读，便可前后贯通。东晋大诗人陶渊明曾说："好读书，不求甚解；每有会意，便欣然忘食。"

4 精读

　　精读即细读，指深入细致地研读。精读要求读书时精心研究，细细咀嚼，抓住书中的精华。唐代文学大家韩愈有句名言："记事者必提其要，纂言者必钩其玄。"读书如能做到"提要钩玄"，则基本掌握了书的大意。

5 善思

　　读死书是没有用的，读书时要知道怎样用眼睛去观察，怎样用脑子去思考才行。读书贵在思索。只有把学与思结合起来，才能真正领会书中的要义。

6 活用

　　读书要懂得举一反三，学以致用。南宋学者陈善提倡"出入法"，即读书既要读进书中去，又要从书中跳出来。倘若读书不能跳出书本，不能学以致用，就不算有效读书。

阅读指南页

名师导读

开宗明义，激发同学们的阅读兴趣，引导同学们持续阅读。

词语在线

阐释作品中的疑难字词，扫除同学们的阅读障碍。

名师点评

点评重点语句，帮助同学们理解文意。

普罗米修斯

普罗米修斯仿照着神的模样创造了人类，并在智慧女神雅典娜的帮助下，让人类有了生命。之后，普罗米修斯又教给茫然无知的人类各种知识与本领，让人类繁荣起来。然而，普罗米修斯因为把火种偷出来交给人类而得罪了宙斯。宙斯会怎么惩罚普罗米修斯呢？普罗米修斯最后的命运又是怎样的呢？

词语在线

章法：①文章的组织结构。②比喻办事的程序和规则。

在这些日子中，他们什么都不会做，不能分辨春夏秋冬，像蚂蚁一样生活在看不到阳光的地洞中，做一些乱七八糟的事情，生活得毫无章法。

"无论你是哀怨还是悲叹，这些都没用，"赫菲斯托斯对他说，"众神之王宙斯的命令是没有人可以违抗的，刚统治天国的神也是非常残酷的。"

名师点评

面对强权和暴力，普罗米修斯表现出了真……

普罗米修斯将忍受这种痛苦很久，三万年是最短的期限。他可以悲叹，也可以找人为他的苦难做证，像风、大地和太阳等，都能成为他的证人……

世界经典神话与传说

品读赏析

为了人类的幸福与发展，普罗米修斯牺牲了自己，却遭到了宙斯残暴的惩罚。我们从普罗米修斯身上，看到了伟大的牺牲精神，以及对正义和信念的坚持，这些高贵品质与博爱精神永远值得我们学习。

品读赏析

鉴赏作品，解析重点内容，帮助同学们提升阅读能力和思悟能力。

写作积累 XIEZUO JILEI

章法　废黜　妩媚　悄无声息　油然而生

·在这些日子中，他们什么都不会做，不能分辨春夏秋冬，像蚂蚁一样生活在看不到阳光的地洞中，做一些乱七八糟的事情，生活得毫无章法。

写作积累

荟萃文中的优美辞藻、锦言妙语，帮助同学们积累词汇，提高鉴赏能力和写作能力。

思考练习

1.普罗米修斯创造出人类后，为人类做出了哪些贡献？

2.普罗米修斯长期忍受着摧残和折磨，最后他的结局是怎样的呢？

思考练习

根据章节内容提问，加强同学们对文中内容的理解与记忆。

浅谈神话与传说

在大家的意识里，神话和传说就像一对形影不离的孪生姐妹，很难弄清它们之间的异同。实际上，神话与传说是两种不同的故事类型。

延伸阅读

延伸阅读

延伸拓展相关知识，让同学们拓宽视野，增加知识储备。

赫拉克勒斯快速扑到狮子身上，用手臂紧紧勒住它的喉咙。（《大英雄赫拉克勒斯》）

到了离智慧泉不远的地方，他看到了一个骑着巨鹿的巨人。奥丁紧走几步，与巨人并排前行，并很快与其攀谈起来。（《众神之王奥丁》）

阿里巴巴暗自想道："我要先试验一下这句咒语有没有用，看看我能不能打开这个洞门。"于是，他大声地喊："芝麻开门！"话音刚落，洞门就奇迹般地打开了。（《阿里巴巴和四十大盗》）

有一天，当我在海滨散步时，突然看见一匹高大的骏马不知被谁拴在海边一根木桩上。它看到我，长嘶了一声，随即不知从哪里钻出一个人来，他大喝一声，走到我面前，问我："喂！你是谁？从哪里来？为什么到这儿来？"（《辛巴达历险记》）

我们害怕的事还是发生了，一条巨大无比的鲸从海里浮了出来，死亡离我们越来越近了。更令人心惊胆战的是，又有两条更大更凶狠的鲸从海中出现了。我们的船被这三条鲸包围了。（《辛巴达历险记》）

姐弟俩很快就在和煦的阳光下沉沉睡去。但是接下来的事出乎所有人的意料：那块岩石开始上升、变大，第二天高度就超过了附近所有山丘成为周围最高的山。（《云端的孩子》）

序言

　　歌德曾说："读一本好书，就是和一位高尚的人谈话。"文学名著是人类文化的精华，是文学巨匠、思想巨擘智慧的结晶，是我们生命中不可或缺的精神食粮。

　　名著犹如一面镜子，既能照出人的本性，又能照出世间的美丑。名著源于现实生活，名著中的人就是作者对现实中的人的再塑造，名著中描摹的人性的善、恶、美、丑就是现实中人性的真实反映，名著中建构的世界就是真实世界的缩影。因此我们阅读名著，就是在名著中阅读自己、阅读世界。

　　走进名著，开始快乐阅读吧！阅读会使你发现真实的自己，辨识自己身上的优点、缺点，摆脱平庸与狭隘，使自己的人格得到升华；阅读会使你练就一双智慧之眼，分清是非，辨别美丑，学会用正确的眼光看待大千世界；阅读会培养你的审美观，充实你的思想，使你成为一个通情达理、身心健康、感情真挚、品德高尚的人。

　　中小学生正处于身心快速发展的阶段，尤其需要经典名著的滋养。为此，我们遵从中小学生的阅读特点，精心选编了这套丛书。本丛书包含童谣、儿歌、寓言、童话、小说、诗歌、散文等多种作品，这些作品或是指引时代的航标，或是传承千年的箴言，或是激荡人心的妙笔，都能如春风细雨般滋润每一位小读者的心田。另外，我们精心设置了"阅读速递""名师导读""名师点评""品读赏析"等栏目，希望以此为同学们搭建一架通往文学世界的桥梁，让同学们能感受到经典名著不朽的艺术魅力。

作品概述

　　世界各地都有独具魅力的神话和传说，它们是古人留下的宝贵文化遗产。这些神话与传说有的描写众神创造世界的过程，有的描写诸神间互相争斗的经过，有的则讲述了一个个如童话一般奇妙的故事。我们特意收集了多篇世界各地的神话与传说，让读者感受它们各自不同的艺术魅力。

　　希腊神话中有许多享誉世界的精彩故事，本书选取的有：普罗米修斯创造了人类又盗来火种，他是后人广泛敬仰的神话人物，他的牺牲精神激励着所有人；俄耳甫斯是一个天才音乐家，为了救回心爱的妻子，他勇闯冥府，却因为一个意外功亏一篑；希腊神话中最著名的大英雄赫拉克勒斯完成了一个又一个"不可能完成"的任务，他的这些事迹成为后人永远津津乐道的传奇故事。

　　北欧神话的知名度虽然不如希腊神话，但也引起了人们越来越广泛的关注。北欧神话中的主神名叫奥丁，他是世界的创造者，却只有一只眼睛，他独眼的原因令人震撼；恶作剧之神洛基剪掉了雷神托尔之妻希芙的金发，又用巧妙的手段将其恢复了，这个过程妙趣横生；为了迎接"诸神的黄昏"，奥丁建起了英灵殿，让女武神帮助自己寻找人间的英灵，著名的女武神布伦希尔德的故事也颇为曲折。

选自阿拉伯民间故事集《一千零一夜》的《阿里巴巴和四十大盗》以及《辛巴达历险记》，都是脍炙人口的民间传说。阿里巴巴是一个穷人，却意外得到大批财宝，并在女仆马尔基娜的帮助下除掉了财宝原本的拥有者——一群无恶不作的强盗。整个故事一波三折，极富趣味。辛巴达则是一个机智、无畏的冒险家，他曾经七次出海冒险，凭借智慧、勇气、毅力和运气战胜了一个又一个困难，成功获取了大笔财富。

日本的神话和传说非常多也非常精彩，例如来自月宫的辉夜姬的故事就十分动人。辉夜姬不畏权贵，戏弄了好色的贵人们，甚至连天皇的求婚都拒绝了。她是一个美丽又善良的女子，不羡慕奢华的生活，却对养育自己的养父母非常留恋。桃太郎的故事在日本家喻户晓，这个出生在桃子中的男孩带着一支奇异的队伍讨伐了四处劫掠的"恶鬼"，整个故事非常有趣。

非洲地区的神话与传说中也有很多勇敢、善良的人物，例如擅长搞恶作剧的蜘蛛人阿南西就是一个很受人们喜爱的神话人物，作为天神的儿子，他将智慧和故事散播到人间；辛塔耶胡王子胆子很小，但是非常聪明，他靠着自己的机智"降伏"了狮子，整个过程令人忍俊不禁。

美洲原住民也有着独具特色的文化艺术，他们创作的神话与传说都富有浪漫气息，而且都与大自然紧密相关，其中的人类可以和动物、植物甚至北风这样没有生命的物体交流，充满奇幻色彩。

神话与传说绝大多数都没有具体的作者，它们诞生在广大劳动人民之间，又经过无数人的润色，逐渐成为我们今天看到的样子。也正因如此，神话与传说带有强烈的时代特征和地域色彩。阅读这些神话与传说，可以让我们知道古人是如何看待自然万物的，同时有助于提升我们的想象力，获得美的艺术享受。

艺术特色

希腊神话起源于古老的爱琴文明，它独特的想象和其中神的人性化特点深深地影响着后世。希腊神话中的神是人类依据自己的形象创造出来的，他们有着与人一样的喜怒哀乐，也有着各自的缺点乃至性格缺陷。同时，希腊神话中以人为本的精神也是其强大影响力的来源。

北欧神话与希腊神话有许多共通之处，但北欧神话又有着自己粗朴而宏大的特点。北欧神话中的神虽都有各自的缺点，但多数都是庄严、正直、博大的。众神的命运都充满悲剧色彩，"诸神的黄昏"是他们无法逃避的命运，故事一开始就宣告诸神注定死亡、世界终将毁灭，这在世界神话中是绝无仅有的，也是笼罩在所有北欧神话故事中的一个阴影。悲剧色彩弥漫在每一个北欧神话故事之中，这就带给读者独特的艺术感受。

《一千零一夜》是古代阿拉伯地区人民的智慧结晶，它以广泛的题材、生动的描绘，将中世纪时期阿拉伯帝国真实的社会生活展现在读者眼前。故事语言朴实无华，具有很强的逻辑性，并且结构巧妙，所反映的思想清晰易懂，具有教育意义。许多故事都将苦涩的现实与美好的愿望有机地结合在一起，使得故事兼具浪漫主义和现实主义，引人入胜。

日本的神话和传说多数有着叙事性强、结构清晰、故事曲折的特点，很多民间传说更是有着浓郁的童话色彩，可读性非常强。

非洲的神话和传说可谓包罗万象，既有对宇宙万物起源、人类命运这类宏大哲学问题的思考，也有对动物世界、人类世界的生动刻画。这些故事大多没有复杂的情节，却绘声绘色地描写出非洲社会生活的各个方面，带有鲜明的地方特色和民族色彩。故事的核心价值观都是劝人向善的，语言往往朴实、直白，有着独特的吸引力。

印第安人不但敬畏神明，同时也敬畏大自然的一草一木，他们的神话与传说具有较高的审美价值和较强的艺术感染力，同时也是他们认识世界、征服自然和思考自身生存方式时的内心写照。

人物写真

▶普罗米修斯

希腊神话中的人类创造者，他为了帮助人类，盗取了天火送到人间，也因此得罪了众神之王宙斯。宙斯将他锁在山崖上，对他进行漫长的残酷折磨，最后他被大力神赫拉克勒斯所救。

▶ 赫拉克勒斯

希腊神话中的大力神，宙斯之子，是半人半神的英雄。他力大无穷，完成了十二项"不可能完成"的任务，途中救下了被缚的普罗米修斯。赫拉克勒斯还是寻找金羊毛的"阿尔戈"号的一员，最后成了奥林匹斯众天神中的一员。

▶ 奥丁

北欧神话中的众神之王，也是知识之神、战争之神、世界及人类的创造者。他曾以失去右眼为代价获得了宇宙的奥秘，组建了人数众多的英灵大军，在"诸神的黄昏"来临时死于魔狼之口。

▶ 辛巴达

《一千零一夜》中的探险家。他热爱冒险，性格坚韧、勇敢，好奇心强，曾经七次出海，遇到了无数奇人异事、凶鸟怪兽，多次身陷险境，但总能巧妙地化险为夷，并为自己积累下巨大的财富。

▶ 辉夜姬

日本传说《竹取物语》中的月光公主，她原本是月宫中人，由于犯错被贬到人间，后成为一个贫穷老翁的养女。她的美丽天下闻名，有五个贵人向她求婚，都被她提出的苛刻要求难住了。天皇想让她入宫，也遭到了拒绝。某一年的八月十五，她被天人接回了月宫。

目录

Mulu

世界经典神话与传说

普罗米修斯

　　普罗米修斯仿照着神的模样创造了人类，并在智慧女神雅典娜的帮助下，让人类有了生命。之后，普罗米修斯又教给茫然无知的人类各种知识与本领，让人类繁荣起来。然而，普罗米修斯因为把火种偷出来交给人类而得罪了宙斯。宙斯会怎么惩罚普罗米修斯呢？普罗米修斯最后的命运又是怎样的呢？

　　开天辟地之初，海里的鱼儿自由自在地游着，天空中的鸟儿自由自在地飞着，陆地上的各种动物也在快乐地嬉戏、玩耍着。但是，因为它们没有灵魂，所以这个世界无法由它们统治。

　　这时，陆地上出现了一个神，他的名字叫作普罗米修斯。普罗米修斯很聪明，他知道泥土里蕴藏着天神的种子，所以他挖了一些泥土，用河水将其和匀，捏了一些和天神模样差不多的人。他把从动物的心里取出的善与恶封存到人的内心，并让他们获得了灵魂。

普罗米修斯的朋友有很多都是天神，智慧女神雅典娜就是其中之一。雅典娜非常喜欢这些小泥人，所以将神的呼吸吹入了泥人的身体，泥人因此获得了生命。

这就是第一代人。在很长的一段时间里，他们对自己的四肢和精神视而不见，他们只是像僵尸一样四处奔走，并不知道该如何去利用眼前的万物。在这些日子中，他们什么都不会做，不能分辨春夏秋冬，像蚂蚁一样生活在看不到阳光的地洞中，做一些乱七八糟的事情，生活得毫无章法。

普罗米修斯看到人类的生活这样糟糕，就决定亲自教他们如何生产、生活。他不仅教人类怎样观察星辰的变化，还教他们识字、做算术。与此同时，还将如何驯养和利用牲口这一技巧教给了他们。这样一来，人类的劳动负担就减轻了很多。人类以前不能解决的一些问题，普罗米修斯都替他们找到了解决办法。他帮助并教会人类驯养马匹，使马儿可以拉车；还为人类制造了船和帆，让人类可以在海上航行。

当然，他也很关心人类生活的其他方面。以前，人们若是生了病，就只能痛苦地忍受，直至凄惨地死去。但是现在，伟大的普罗米修斯不仅告诉他们服用药剂可以治愈各种疾病，还将制作药剂的方法告诉了他们。他还将勘探和开采地下宝藏的本领教给了人类，这样人类就可以找到地下的矿产如黄金和白银了。总的来说，只要是可以使人类的生活变得更好、更舒适的方法，普罗米修斯都尽最大可能教给了他们。

📝 **词语在线**

章法：①文章的组织结构。②比喻办事的程序和规则。

普罗米修斯是泰坦神族中的一员，他们一族原本是宇宙的统治者。但是，宙斯废黜（chù）了自己的父亲、泰坦神族的首领克洛诺斯，推翻了泰坦神族的统治。在这个过程中，因为普罗米修斯站在了宙斯的一边，因此他与宙斯关系不错。宙斯和他的孩子们统治了天国后，陆地上出现不久的人类就被他们发现了。天神以保佑人类为条件，让人类敬奉他们。所以人类和天神在希腊的墨科涅举行了一次会议，在这次会议上，人类拥有的权利和要承担的义务就确定了。普罗米修斯也参加了这次会议，其目的是为人类争取利益。普罗米修斯在会议中表示，天神不能为了得到优厚的献祭而为难人类。

但是，天神还是提出了很多苛刻的条件，让普罗米修斯非常不满。为了教训一下这些自大的天神，普罗米修斯想了一个愚弄众神的办法：他将一头大公牛杀掉后，请天神各自选择自己喜欢的部分。牛被分成两堆：一堆以牛皮覆盖，看起来比较小，下面却是肉、内脏等；一堆以牛的板油覆盖，看起来比较大，但下面却是一些没有什么肉的骨头。

遗憾的是，宙斯立刻就将普罗米修斯设的这个局看穿了，但宙斯并没有当场揭穿他，而是说道："亲爱的普罗米修斯，这样分配是非常不公平的。"这时的普罗米修斯天真地以为宙斯已经中了自己的圈套，就很开心地说："尊敬的宙斯，你喜欢哪一堆就选哪一堆吧！"虽然宙斯非常生气，但依然没有揭穿普罗米修斯，而是故意选择了用板油覆盖的那一堆。当没有肉的骨头露出来的时候，他露出一副上当受骗的表情，大声说道："和以前一样，你还是爱骗人。"

为了惩罚普罗米修斯，宙斯决定不将火种送给人类，但是，人类要想实现文明就需要火种。为了得到火种，普罗米修斯找了一根大茴香枝，躲在太阳车经过的地方，从熊熊燃烧的车轮上引取了火种。火被带到大地上后，人们纷纷点起火堆感谢这位仁慈的天神。宙斯看到从大地直冲天际的火光后非常生气，但是使用火的人类太多了，火种已经无法收回。

愤怒的宙斯决定给人类一些教训，就让火神赫菲斯托斯创造出了世界上第一个女人。天神赋予了这个刚刚被创造出来的少女很多美好的东西：火神赫菲斯托斯给她做了华丽的金长袍，爱与美的女神阿佛洛狄忒赋予她妩媚与诱惑男人的力量，众神使者赫耳墨斯教会了她说话的技能。天神都给她礼物，并给她取名"潘多拉"，意思是"获得一切天赐的女子"。

然后，宙斯将这个美丽的少女带到了人神共居的大地上。在这里，没有人不夸赞潘多拉。随后，潘多拉将宙斯给她的礼物给了普罗米修斯那个单纯的弟弟——厄庇墨透斯。然而普罗米修斯早就警告过厄庇墨透斯：要想人类不遭受灾难，就不能接受宙斯的礼物。但是，当潘多拉这位美丽的少女站在厄庇墨透斯面前时，他便将普罗米修斯的警告忘得一干二净了，他不仅接受了潘多拉的礼物，还和她结了婚。

潘多拉给厄庇墨透斯的礼物是一个大大的盒子，盒子中装的都是灾难，这些灾难当然是宙斯放进去的。嫁给厄庇墨透斯后，潘多拉打开了这个盒子的盒盖，灾难便立刻飞

✎ 词语在线

妩媚：形容女子、花木等姿态美好可爱。

到了世界各地。在这之后，灾难就无处不在了。人类随之又爆发了各种各样的疾病，因为宙斯并没有将声音赐给这些疾病，所以它们日夜不停且悄无声息地运动着，并不断围攻人类，使得原来缓慢走动的死神也开始奔跑起来。幸好，雅典娜好心放入的"希望"没有被潘多拉关在盒子里，所以人类在遭受苦难时还不会丧失希望。

此时，普罗米修斯也成了宙斯报复的对象。宙斯将普罗米修斯交给了火神赫菲斯托斯以及象征着力量的克拉托斯和象征着暴力的比亚。接着普罗米修斯就被拖到了斯库提亚的荒野，还被锁在高加索山的峭壁上，这些都是宙斯吩咐的。不过，赫菲斯托斯并不想这样做，因为普罗米修斯是他曾祖父乌拉诺斯的孙子，是他的堂叔，而且他很喜欢普罗米修斯，因此，他说了几句同情普罗米修斯的话。但克拉托斯和比亚谴责了赫菲斯托斯，最后还是这两个凶神将这项无情的任务完成了。

于是，悬崖绝壁上从此多了一个可怜的受缚之人，他只能悬着，不仅不能睡觉，而且就算双膝疲惫了也不可以弯曲一下。

"无论你是哀怨还是悲叹，这些都没用，"赫菲斯托斯对他说，"众神之王宙斯的命令是没有人可以违抗的，刚统治天国的神也是非常残酷的。"

普罗米修斯将忍受这种痛苦很久，三万年是最短的期限。他可以悲叹，也可以找人为他的苦难做证，像风、大地和太阳等，都能成为他的证人。但是他的意志依然坚定，

名师点评

宙斯为了个人恩怨，不顾人类生死，反映了他的自私冷漠。可见，神虽然高高在上，但也有七情六欲、爱恨情仇。

名师点评

面对强权和暴力，普罗米修斯表现出了真正的勇敢，这是一种大无畏的牺牲精神。

丝毫没有抱怨。

为了报复，普罗米修斯预言：总有一天，诸神的主宰者会堕落、毁灭，这是新的婚姻导致的。普罗米修斯是最有智慧的神，他的预言没有任何人敢忽视。尽管宙斯无情地威胁并摧残他，他依然选择忍受痛苦也不说破这个预言，使得宙斯永远受预言的折磨。宙斯让一只鹰每天啄食普罗米修斯的肝脏，但他的肝脏被这只鹰吃去多少就会重新长出多少。这种痛苦会一直持续下去，直到有人愿意代替他承受这种痛苦。

在痛苦持续了数百年后，长时间没有幸运之神眷顾的受难者终于被解救了。赫拉克勒斯因为寻找金苹果而从这里路过，他看到高加索山上吊着的神——普罗米修斯，怜悯之心油然而生。那只鹰被赫拉克勒斯一箭射了下来，普罗米修斯的锁链也被解开了。此外，赫拉克勒斯将不幸中了剧毒、痛苦万分的半人马贤者喀戎吊在了高加索山上，这是喀戎主动要求的，这样做是为了满足宙斯的虚荣心。同时，普罗米修斯的脖子上将永远戴着拴有高加索山石的铁环，这是为了不改变宙斯的判决。只有这样，众神之王宙斯才可以非常自豪地说："高加索山的悬崖上一直吊着我的敌人。"

品读赏析

为了人类的幸福与发展，普罗米修斯牺牲了自己，却遭到了宙斯残暴的惩罚。我们从普罗米修斯身上，看到了伟大的牺牲精神，以及对正义和信念的坚持，这些高贵品质与博爱精神永远值得我们学习。

写作积累 XIEZUO JILEI

章法　废黜　妩媚　悄无声息　油然而生

·在这些日子中，他们什么都不会做，不能分辨春夏秋冬，像蚂蚁一样生活在看不到阳光的地洞中，做一些乱七八糟的事情，生活得毫无章法。

·火神赫菲斯托斯给她做了华丽的金长袍，爱与美的女神阿佛洛狄忒赋予她妩媚与诱惑男人的力量，众神使者赫耳墨斯教会了她说话的技能。

·普罗米修斯是最有智慧的神，他的预言没有任何人敢忽视。尽管宙斯无情地威胁并摧残他，他依然选择忍受痛苦也不说破这个预言，使得宙斯永远受预言的折磨。

思考练习

1.普罗米修斯创造出人类后，为人类做出了哪些贡献？

2.普罗米修斯长期忍受着摧残和折磨，最后他的结局是怎样的呢？

3.你从普罗米修斯身上看到了哪些可贵的品质？

俄耳甫斯和欧律狄刻

俄耳甫斯是一个出色的歌手，他为了救自己的妻子，历经千辛万苦去了冥府，恳求冥王和冥后将自己的妻子放回人间。冥王夫妇答应了他的要求，但是给出了一个严厉的警告。这个警告到底是什么？他们是否成功回到人间，过上幸福快乐的生活呢？

俄耳甫斯生活在色雷斯，他的父亲是太阳神阿波罗，母亲是九位缪斯之一的卡利俄珀。俄耳甫斯的歌声非常诱人，从他的喉咙中发出的声音总是有一种让人不由自主地被吸引的感觉。阿波罗精通音乐，有一把七弦琴，他非常欣赏儿子的音乐才能，所以将这把七弦琴送给了俄耳甫斯。当俄耳甫斯一边弹着父亲送给他的七弦琴，一边唱着母亲教给他的歌曲的时候，无论是鸟儿，还是鱼儿，抑或森林中的猛兽，都会跑来静静地倾听。在英雄们乘坐"阿尔戈"号寻找金羊毛的过程中，俄耳甫斯就利用他出色的音乐才能建立了卓越的功绩，得到众多英雄的认可。

词语在线

卓越：非常优秀，超出一般。

俄耳甫斯有一位非常美丽的妻子，她就是水神欧律狄刻。俄耳甫斯和欧律狄刻非常相爱，他们在一起的每一分钟都非常幸福。但是，也许是他们的幸福引起了命运女神的忌妒，在他们婚礼结束后不久，美丽的欧律狄刻就不幸死去了。那天，婚礼刚刚结束，欧律狄刻和她的玩伴一起来到了清澈的小溪旁。这条小溪旁边有一块草地，正当两个美丽的女神非常开心地在这块嫩绿的草地上散步的时候，一条毒蛇突然从茂密的草丛中钻了出来。这条无情的毒蛇咬伤了欧律狄刻的脚后跟，她倒在了玩伴的怀中。在这高山峡谷中，水神的悲鸣声和哀号声，还有俄耳甫斯的痛哭声和悲歌声，都一直回荡着。那悲哀的声音，就连小鸟和麋（mí）鹿都被感染了。但是，俄耳甫斯悲哀的祈祷、歌唱和哭泣声，没能将自己美丽的新娘从死神的身边唤回来。

抚摸着自己深爱的妻子，俄耳甫斯在心中暗下决心：为了让美丽可爱的欧律狄刻回到自己的身边，他要到冥府去求冥王、冥后。于是，俄耳甫斯无所畏惧地向冥府的入口处走去。到了冥府，他首先看到的是遍地的尸体。虽然这些尸体阴森恐怖，但是想见到妻子的愿望让俄耳甫斯忘记了恐惧，他非常平静地走到了冥王哈迪斯和冥后珀耳塞福涅的面前。看到这一对脸上没有任何表情的夫妻，他将七弦琴取出来，开始歌唱。他的歌声和歌词是那样有感染力，冥王和冥后感受到了他对妻子深切的爱和思念：

我为了我的爱妻来到你们的身旁，她曾给我的宫

"平静"一词表明，俄耳甫斯并不畏惧冥府的尸体，而冥府越阴森恐怖，就越彰显出俄耳甫斯的无畏与对妻子的爱。

殿带来欢乐和骄傲。

可没有几天她就被毒蛇咬伤，正当青春年华便归了冥府。

瞧，我所承受的痛苦无法计算！

作为一个男人，我奋斗了多年。

然而爱情撕碎了我的心，我不能没有欧律狄刻。

我向你们祈求，我可怕的神圣的统治亡魂的神灵！

在这弥漫着恐怖的地方，在你们统治的这片沉默的荒野，

请你们把她——我的爱妻，还给我！

还她自由，让她过早凋零的生命重来！

倘使不能这样，哦，那就祈求你们把我也归入亡魂的行列。

没有她，我永远也不重返人间。

亡魂们听了他的歌声，都放声痛哭起来。铁石心肠的冥后珀耳塞福涅都被感动了，于是找来欧律狄刻。

欧律狄刻摇摇晃晃地走来了。

"你把她带走吧，"冥后说，"不过你要记住，在你穿过冥府大门之前，一定不要回头看你的妻子，这样她才能重返人间。假如你过早地回头了，你将永远失去她。"

现在，俄耳甫斯带着妻子，默默地快步沿着笼罩着黑暗与恐怖的路向上攀登。俄耳甫斯心里突然产生一种无法形容的渴望：他偷偷侧耳听了听，看能不能听到他妻子的呼

吸或她裙裾的窸（xī）窣（sū）声，结果什么也没听到，他
周遭的一切死一般沉寂。他被恐惧和爱情压倒，再也无法控
制自己，就壮着胆子迅疾地朝后看了一眼。不幸就在这一瞬
间发生了，欧律狄刻用充满悲哀和柔情的双眼死死地盯着
他，又坠回那令人毛骨悚（sǒng）然的深渊。俄耳甫斯无
比绝望地把手臂伸向渐渐消失的欧律狄刻，然而毫无作用。
她又遭遇了第二次死亡，不过她没有哀怨——假如她能抱怨
的话，那她也只能怨自己被爱得太深了。她已经在他的视线
中消失了。"再见，再见了！"远处传来越来越低微的声音。

　　俄耳甫斯既伤心又惊愕地呆立了片刻，接着他又冲回
黑暗的深渊。但冥河的艄公拦住了他，拒绝把他送过黑色
的冥河。于是可怜的他便在冥河岸边坐了七天七夜，不吃不
喝，还不停地哭诉。他祈求冥府的神再发慈悲，然而冥府的
神不再给他第二次机会。他只好无限悲伤地返回人间，走进
色雷斯偏僻的深山密林。他就这样避开人群，独自生活了三
年。他憎恶除了欧律狄刻之外的所有女人，因为他的欧律狄
刻可爱的形象一直飘浮在他周围，是她使他发出一切悲叹，
唱出一切歌儿，一想起她，他就弹起七弦琴，唱起动听的
哀怨的歌。

　　一天，这位神奇的歌手坐在一座遍地是绿草却无树荫
的山上唱起歌来。歌声一传开，森林马上移动起来，一棵棵
大树移得越来越近，直到它们用自己的枝丫为他罩上阴影。
为了倾听他绝妙的歌声，林中的野兽和小鸟也都围了过来。
此时，色雷斯的一群女人吵吵嚷嚷地冲上山来。她们是酒神

✏ **词语在线**

窸窣：形
容细小的摩
擦声音。

毛骨悚然：
形容很害怕
的样子。

狄俄尼索斯的信徒，被称为狂女，正在参加酒神的狂欢活动。突然，她们发现了俄耳甫斯这个蔑视女性者。她们憎恶他，因为他自从妻子去世以后就鄙视所有女人。

"瞧，那个嘲讽女人的人，他在那儿！"一个狂女喊了一声，一群狂女就咆哮着挥舞起酒神杖向他冲去，还朝他投掷石块。在很长的时间里，忠实的动物一直保护着这位可爱的歌手。当他的歌声渐渐消失在这群疯狂女人的怒吼中时，它们才惊慌地逃到了密林里。不久，一块飞石击中了不幸的俄耳甫斯的太阳穴，他马上满脸是血地倒在绿草地上死了。

词语在线

太阳穴：穴位，在人的鬓角前、眉梢后的部位。

那群狂女走后，鸟儿马上鸣咽着振翅飞来，山岩和所有兽类都悲伤地靠近俄耳甫斯。山林水泽的神女也都穿上黑袍匆匆聚拢到他身边，她们悲伤不已地把他的肢体掩埋。赫布鲁斯上涨的河水收起并卷走了他的头和七弦琴。无人拨弄的琴弦发出的琴声和失去灵魂的口舌发出的动听的歌声，一直在水上飘荡飞扬，河水轻拍河岸发出细微的声响，就像悲哀的回响。他的头和七弦琴被卷进了大海后，漂到了斯伯斯小岛的岸边，那里虔诚的居民把他的头和七弦琴捞了上来，将头埋葬，将七弦琴挂在一座神庙里。传说那个小岛此后出了不少杰出的诗人和歌手，甚至那里的夜莺也比别处的夜莺声音更悦耳，据说就是为了祭奠神圣的俄耳甫斯。

阿波罗对儿子的悲惨遭遇非常痛心，在他的请求下，宙斯将俄耳甫斯的七弦琴升上天空，那就是后来的天琴座。

品读赏析

俄耳甫斯和欧律狄刻之间真挚的感情令无数人为之感动。而这个美丽又悲伤的爱情故事也从侧面告诉我们，要获得幸福不仅需要积极争取，同时也应学会忍耐，学会坚持，否则就会像俄耳甫斯一样，因为无法克制自己的好奇而做出错误的选择，悔恨终生。

写作积累 XIEZUO JILEI

卓越　窸窣　毛骨悚然　惊愕　咆哮　呜咽　祭奠

·当俄耳甫斯一边弹着父亲送给他的七弦琴，一边唱着母亲教给他的歌曲的时候，无论是鸟儿，还是鱼儿，抑或森林中的猛兽，都会跑来静静地倾听。

·在这高山峡谷中，水神的悲鸣声和哀号声，还有俄耳甫斯的痛哭声和悲歌声，都一直回荡着。那悲哀的声音，就连小鸟和麋鹿都被感染了。

·在这弥漫着恐怖的地方，在你们统治的这片沉默的荒野，请你们把她——我的爱妻，还给我！还她自由，让她过早凋零的生命重来！

思考练习

1.俄耳甫斯的歌声和琴声非常美妙，文中是如何表现这一点的？

2.俄耳甫斯拯救妻子的行动为何失败了？

3.俄耳甫斯的悲剧带给你哪些启示？

大英雄赫拉克勒斯

　　赫拉克勒斯是希腊神话中最伟大的英雄之一，他是宙斯的儿子，半人半神，曾经完成了十二项号称"不可能完成"的任务，最终成为奥林匹斯山上的大力神。赫拉克勒斯有怎样强大的力量？他都完成了哪些任务呢？

　　赫拉克勒斯是宙斯和人间女子阿尔克墨涅所生的儿子，迈锡尼国王安菲特律翁则是赫拉克勒斯的养父。宙斯的妻子赫拉非常忌妒她的情敌阿尔克墨涅，也忌妒阿尔克墨涅有一个宙斯预言的前程远大的儿子。所以阿尔克墨涅生下赫拉克勒斯之后，就认为他待在王宫中相当危险，于是把他放置在田野里，这个地方就是后来的赫拉克勒斯之地。如果不是因为一个奇遇，这个孩子会一直生活在这个地方。有一天，赫拉和雅典娜相伴路过这里。雅典娜对这个竟有如此可爱容貌的孩子感到非常惊讶，赫拉也怜悯他，就把他抱起放在胸前，让他吮吸自己的乳汁。可是由于这个孩子吮吸得太过用力，赫拉感到一阵疼痛，就粗暴地把这个孩子又放回了地面。雅典娜把他抱了起来，带到一个离这里很近的城市，将他当成一个可怜的弃婴转交给了这片土地的王后阿尔克墨涅，请求她抚养他并且爱他。赫拉克勒斯从赫拉那里得到了不小的恩惠，虽然他因为弄痛赫拉而遭到了对方的粗暴对待，但片刻间吮吸到的那几滴天神的乳汁，足以让他长生不死。

阿尔克墨涅一看到这个婴儿就认出了他是自己的孩子，满心欢喜地把他放进摇篮。赫拉很快发现这个孩子就是阿尔克墨涅的儿子，并为自己如此粗心地错过了一次很好的报复机会而懊悔。她立刻命令两条蛇去把这个婴儿咬死。两条蛇爬进敞开着门的阿尔克墨涅的卧室，阿尔克墨涅和女仆们都已经睡熟了，蛇爬到摇篮里，缠住了赫拉克勒斯的脖子。赫拉克勒斯被惊醒了，开始哭叫起来。他抬起头——第一次证明了他具有超人的力量——用两只手各抓住一条蛇的脖子，用力一捏就把它们捏死了。

女仆们直到这时才发现那两条蛇，但是她们非常恐惧，都不敢上前。阿尔克墨涅被儿子的哭声惊醒，她立刻从床上跳下来，来不及穿鞋，就惊叫着冲了过去，这时她发现儿子已经捏死了那两条毒蛇。王公贵族听到呼救声，纷纷拿着武器冲了进来。国王安菲特律翁将这个义子视作宙斯赐给他的礼物，他手持长剑也冲了进来，看到了发生的事情，对这个婴儿非同一般的神力感到既高兴又惊恐。他把这件事当作一个征兆，召来了预言师忒瑞西阿斯。忒瑞西阿斯对国王和王后以及在座的人员做了预言，说这个孩子将来会杀

名师点评

天后赫拉是一个善妒、心肠狠毒的人，她甚至连小孩子都不放过。虽然她地位尊贵，但因其凶狠无情，所以不招人喜欢。

名师点评

从这个预言可以看出，赫拉克勒斯未来的路非常辉煌，也非常艰辛。

15

死陆地和海上的巨大怪物，会战胜巨人，经历人间的种种苦难，最终会享有天神的永恒的生命，并且会跟青春永驻的女神赫柏结婚。

安菲特律翁开始对赫拉克勒斯进行教育，想把他培养成一个受人崇敬的英雄。他把天下的英雄都请来，请他们教赫拉克勒斯学习各种各样的本领和知识。教赫拉克勒斯弯弓射箭的老师是欧律托斯，教他拳击术和摔跤术的老师是哈帕吕科斯，教他演奏乐器、学会歌唱的老师是卡墨尔克斯，教他如何在战场上巧妙作战的老师是卡斯托尔，教他学会拼写文字的老师是阿波罗的儿子利诺斯，国王安菲特律翁则亲自传授他驾驭战车的技术。而赫拉克勒斯最著名的老师，则是半人马贤者喀戎，喀戎教给赫拉克勒斯各种各样的本领，两人既是师生，也是非常要好的朋友。

赫拉克勒斯是一个很乐于学习的学生，但是他不够耐心与沉静。利诺斯脾气也暴躁，有一次他不公正地责打赫拉克勒斯时，被赫拉克勒斯抓起一把齐特尔琴砸中了脑袋，立刻倒地死了。赫拉克勒斯很后悔，并因为这起意外杀人案上了法庭，可是以公正闻名的法官拉达曼提斯宣布了他无罪，还为此定下了一条法律：因为自卫而致人死亡的，不能判处死刑。

但是安菲特律翁担心他那具有非凡神力的义子再犯这样的错误，就把他送到乡间去放牧了。赫拉克勒斯在乡间长大，而且比其他人高大强壮得多，这让他非常有名。他的眼睛炯（jiǒng）炯有神，在投掷标枪和射箭的比赛中从来没

词语在线

炯炯有神：
炯炯：明亮的样子。形容人的眼睛明亮，精力旺盛。

有输过。他十八岁时，已经成为希腊最强壮、最英俊的男人。

赫拉克勒斯显露身手

现在还是来看看赫拉克勒斯利用天赋在人间是做了善事还是坏事吧。

当时的希腊布满了沼泽和森林，到处都有凶猛的狮子、粗暴的野猪等害人的野兽。古代的英雄们最大的目标就是制服这些游荡在荒野中的野兽，将它们除掉。赫拉克勒斯注定也要去完成这项艰苦的任务。

当他回到国内时，听说有一只凶猛可怕的狮子在喀泰戎山的山脚下扰乱了国王安菲特律翁的羊群。这位年轻的英雄马上就做出了决定，他把自己武装起来，爬上山头，战胜了那只狮子，把它的皮扒下来披在身上，还用它的头来制作头盔。

当他第一次冒险归来时，遇到了弥倪安斯的国王埃尔吉诺斯派来的使者，他们是来向底比斯人征收每年一次的贡品的。征收这些贡品是不公平而且不正义的。于是赫拉克勒斯就把自己当作所有被压迫者的斗士，迅速打败了这些曾多次盘剥底比斯人的使者，砍断了他们的双足，并将他们捆绑起来送到他们的国王面前。埃尔吉诺斯气焰嚣(xiāo)张地要求底比斯的国王克瑞翁把赫拉克勒斯交出来，克瑞翁畏惧他的强权，打算服从他的命令。

赫拉克勒斯说服了一批勇敢的年轻人，准备反抗敌人，可是他们都没有武器，因为弥倪安斯人解除了整个城市的武装，他们以为这样底比斯人就不能奋起反抗了。这时，雅

词语在线

嚣张：(恶势力、邪气)高涨；放肆。

典娜指引赫拉克勒斯来到她的神庙，把自己的武器给了他。其他年轻人就取用了神庙里挂着的其他武器，这些都是他们的祖先在战争后拿来献祭的战利品。武装起来的英雄们组成了一支小规模的队伍，与正在逼近的弥倪安斯人在一个峡谷相遇。在这里，敌人的兵力再强大也发挥不了作用。埃尔吉诺斯战死，他的军队几乎全军覆没。在这次战斗中，赫拉克勒斯的养父安菲特律翁也不幸丧生了。这场战役后，赫拉克勒斯率领队伍迅速向弥倪安斯的首都俄耳科墨诺斯进攻。他们攻入城里，烧毁了国王的城堡，还毁坏了这座城市。

整个希腊的人民都赞美赫拉克勒斯的勇敢。底比斯的国王克瑞翁为了向这个勇敢的年轻人表示谢意，就把女儿墨伽拉嫁给了赫拉克勒斯。后来，墨伽拉给赫拉克勒斯生了三个儿子。神祇（qí）也赐给了这个半神英雄很多礼物：赫耳墨斯送给他一把宝剑，阿波罗送给他一支神箭，赫菲斯托斯送给他一个用金子做成的箭袋，雅典娜送给他一副漂亮的盔甲。

赫拉克勒斯很快迎来了一个可以报答神祇赠送的这些贵重礼物的机会。因为宙斯曾经把地母盖亚的儿子泰坦神们放逐到塔耳塔洛斯，所以地母让她的儿子们起来反对宙斯。他们是一些巨大的怪物，有着令人害怕的面孔，长须长发，鳞片斑驳，还长有龙尾和龙足。这些巨人从地下冲出来，跑到忒萨利亚的佛勒格剌广阔的田野。天上的星星见到他们也被吓得苍白无力，阿波罗害怕得把他的太阳车掉转了方向。

📝 词语在线

神祇："神"指天神，"祇"指地神，"神祇"泛指神。

"去吧，去为我和那些被流放的神祇的子孙报仇，"地母对他们说，"凶狠的巨鹰在啄食普罗米修斯，秃鹰在撕扯着提提俄斯，阿特拉斯必须背负整个天空，泰坦神们一直被困在围栏里。去吧，去报仇吧，赶快去救他们！借助我的躯体，把高山当作天梯和利器，爬上那闪耀着光芒的殿堂！你，堤福俄斯，从宙斯手中夺过神杖和雷电；你，恩克拉多斯，去征服狂暴的海洋，赶走波塞冬；洛托斯去把太阳神的缰绳抢过来，波耳费里翁去攻打德尔斐的神坛。"

地母的话让巨人们欢呼起来，仿佛他们此刻已经夺取了胜利，仿佛他们现在正正拽着波塞冬和阿瑞斯，仿佛他们正扯着阿波罗那头美丽的鬈（quán）发。一个巨人在幻想着阿佛洛狄忒已经是他的妻子，另一个则想着阿耳忒弥斯，第三个又想着雅典娜。他们就这样朝着忒萨利亚的山走去，准备从那里像暴风一般扑向奥林匹斯山。

就在这时，天神的使者伊里斯把所有住在天上和水中的神祇聚到一起，她还召来了地府里的命运女神。珀耳塞福涅也离开她的冥土，她的丈夫——静默的死者的国王，驾着害怕阳光的马车来到闪耀着光芒的奥林匹斯山。就像一个敌人要来进攻城市，市民纷纷从四面八方聚集到一起来保护这座城市一样，神祇们聚在了宙斯的家中。

"集合起来的神祇们，"宙斯说，"你们已经看到了，地母是如何叫来她的孩子们图谋来反抗我们的。她派遣多少个儿子来进攻，我们就把多少具尸体还给她！"

众神之王说完，天上就发出一声雷响，地母盖亚也用

名师点评

此处运用了三个"仿佛"，形象地展现了巨人们的心理活动。

非常猛烈的地震来回击他。天地间马上变得混乱，一切又如同开天辟地的时候一样，因为巨人们已经将一座座高山连根拔起。他们把佩利翁山、俄萨山、阿托斯山和俄塔山移到洛多珀山上，将这些叠放在一起的山朝神祇们居住的地方扔去，并用巨大的岩石和点燃了的松树向奥林匹斯山发起猛烈的攻击。

众神曾经得到过一条神谕，除非得到一个人类的帮助，否则他们不能杀害任何巨人。地母盖亚知道这件事，她需要找到一种草药帮助她的儿子们不受人类的伤害。但宙斯抢在了她前面，他禁止月神、黎明女神和日神发光，当盖亚在黑暗之中四处寻找这种草药时，宙斯快速上前将它们割掉，并且召唤自己那两个半神半人的儿子——赫拉克勒斯和狄俄尼索斯来参加战斗。

此时，奥林匹斯山上，众神已经全部投入战斗之中了。阿瑞斯驾着他的战车，冲到巨人之中，他那金色的盾牌比燃烧的火焰还要亮，钢盔上的缨子在风的吹拂下飘动。他杀死了长着蛇足的巨人珀罗洛斯，然后驾着车碾过珀罗洛斯扭曲的身躯。但是这个倒下的巨人直到看到赫拉克勒斯登上奥林匹斯山最顶端的台阶，才灵魂出窍而死。

赫拉克勒斯环顾战场，用箭射死了堤福俄斯。堤福俄斯立刻从山顶跌下，但他一碰到大地，马上又复活。赫拉克勒斯听从雅典娜的劝告，也跟着走下山，把堤福俄斯从生出他的大地上高高举了起来，不给他复活的机会。

巨人波耳费里翁威胁赫拉和赫拉克勒斯，要和他们一对一地进行决斗，但宙斯马上让他产生了看一看天后的念头。当他正准备扯下赫拉的面纱时，宙斯即刻用雷电击中了他，赫拉克勒斯再上前补上一箭，结束了波耳费里翁的生命。

接着，巨人厄菲阿耳忒斯从作战队伍中站了出来，他睁着闪闪发亮的眼睛向前观望。

"这发亮的眼睛对我们的箭来说，是多显眼的目标啊！"赫拉克勒斯大笑着对正站在他旁边的阿波罗说。阿波罗射中了这个巨人的左眼，赫拉克勒斯则射中了他的右眼。

然后，狄俄尼索斯用他的神杖打败了菲托斯。赫菲斯托斯抛出许多灼热的铁弹，打倒了克吕提俄斯。雅典娜力大无比，举起西西里岛对着正在逃跑的恩克拉多斯扔去，巨人当即葬身其下。被波塞冬攻击的巨人波吕玻忒斯逃到了科斯岛，但是波塞冬即刻劈裂科斯岛的一块土地，将他压住。赫耳墨斯头上戴着哈迪斯的隐形头盔，击败并杀死了希波吕托斯。命运女神们用铜棒将另外两个巨人击毙。其他敌人则被宙斯的闪电击中或者被赫拉克勒斯的神箭射死。

由于赫拉克勒斯功勋卓著，众神对他已经心存好感。宙斯把所有参加这次战斗的神祇封为奥林匹斯神，用这个名称来区别勇敢者与懦弱者。宙斯把这个光荣的称号也赐给了他的两个半神半人的儿子——狄俄尼索斯和赫拉克勒斯。但是，正如预言所讲，虽然同为半神半人的宙斯之子，狄俄尼索斯成了奥林匹斯山上的主神之一，功劳最大的赫拉克

名师点评

赫拉克勒斯的箭术和诸神中有名的神箭手阿波罗平分秋色，更显示出他的强大。

勒斯却不得不回到人间，成为他同母异父的哥哥欧律斯透斯的臣民。

宙斯在赫拉克勒斯出生之前就曾经对众神宣布，珀耳修斯的长孙将会统治珀耳修斯的其他子孙。这个荣誉原本是要赐给他和阿尔克墨涅的儿子。但是赫拉不想让她情敌的儿子拥有这个荣誉，就故意让珀耳修斯的另外一个孙子欧律斯透斯先于赫拉克勒斯出生。因此，欧律斯透斯成了迈锡尼国王，而晚于他出生的赫拉克勒斯就成了他的臣民。

✏️ **词语在线**

声誉：声望名誉。

欧律斯透斯已经注意到他这个兄弟的声誉越来越高，他为此感到担忧，所以就像对待仆人一样让赫拉克勒斯去完成不同的任务。赫拉克勒斯不想服从，但宙斯不愿意违背自己的诺言，就下令让赫拉克勒斯去为欧律斯透斯办事。赫拉克勒斯不甘心成为一个人类的仆役，于是来到德尔斐请求得到神的指示。神是这样回答他的：赫拉克勒斯必须完成欧律斯透斯让他做的号称"不可能完成"的事，然后才能成为神。

赫拉克勒斯陷入了很深的忧郁之中：让他去服从人类，这有点儿贬低他的身份，伤害他的自尊，但是如果不听从宙斯的命令又会惹来灾祸。这时，赫拉依然仇恨赫拉克勒斯，她借此机会让他由烦闷转变成暴怒。赫拉克勒斯陷入了疯狂，使得他想杀死自己最珍爱的侄儿伊俄拉俄斯。当伊俄拉俄斯拼命逃跑时，他射死了墨伽拉为他生的儿子们，他的疯狂令他觉得他是在射杀那些巨人。他一直这样疯狂了很久，等他清醒之后，他为自己所犯的错误感到悲哀和痛苦。

最后，时间缓解了他的痛苦，他决定服从欧律斯透斯，于是去了梯林斯谒见国王。

赫拉克勒斯的前四项任务

欧律斯透斯交给赫拉克勒斯的第一项任务是带回涅墨亚狮子的毛皮。这个身躯庞大的动物生活在伯罗奔尼撒，栖息在克勒俄奈与涅墨亚中间的大森林里，人类根本不能把它怎么样。它是巨人堤丰和巨蛇厄喀德那所生的儿子，也有人说它是从月亮上掉下来的怪物。

赫拉克勒斯走到克勒俄奈的时候，受到了一个叫摩罗科斯的穷人的盛情款待。当时，摩罗科斯正准备宰杀祭品祭祀宙斯。

"好人，"赫拉克勒斯说，"让你手里的动物再多活三十天吧。若那时我幸运地打猎回来，我们一起拿它们来祭祀宙斯。如果我死了，你顺便也把我当作长眠的英雄来祭祀一下。"

赫拉克勒斯继续踏上征程。他背着箭袋，一手拿着弓，一手拿着用从赫利孔连根拔起的橄榄树做成的木棒。一天后，赫拉克勒斯来到了涅墨亚森林。他环顾各个角落，希望在被狮子发现之前先找到这个庞然大物。时间已是中午，他没有找到涅墨亚狮子的踪迹，也没有打听到任何通往兽穴的小路，因为在这片森林里，他没有看见一个牧人，所有人都害怕那头狮子，都远远地躲在自己的田庄里。

到了下午，他已经找遍了整个森林。到了黄昏时分，

名师点评

赫拉克勒斯的话中透露出一股自信，同时他也很清楚敌人的强大，所以才给出了三十天的期限，可见他并非盲目自信的人。

狮子突然顺着林间小路跑了出来，此时它已经饱餐了一顿，正要返回峡谷。赫拉克勒斯躲在茂密的灌木丛里，远远地盯着它。等狮子一靠近，他就对着它的肋骨与胯之间射出一箭。但是这支箭并没有射进肉里，反而像射到石头上一样弹了回来，落到旁边长满苔藓的地上。原来这头狮子的皮像钢铁一样硬，无论什么兵器都无法刺进去。狮子抬起头，张开大嘴，四处寻找打扰它的东西。此时它的胸部正好对着赫拉克勒斯，于是赫拉克勒斯迅速向它的心脏射出第二支箭。这一次还是没有射进去，箭落在了这只巨兽的脚下。当他正准备射第三支箭的时候，狮子看见了他。狮子把长尾巴夹在两腿之间，因为恼怒而脖子变得膨胀，毛发竖起，它弓起背部纵身跳向敌人。赫拉克勒斯扔掉背上的兽皮和手中的弓箭，挥舞着木棒朝狮子打去，并在狮子从地上跳起时击中了它的脖子。然后，赫拉克勒斯快速扑到狮子身上，用手臂紧紧勒住它的喉咙。狮子终于窒息而死，它那可怕的灵魂去了冥王哈迪斯的府邸。

名师点评

赫拉克勒斯想到了用狮子的利爪剥皮的办法，这体现了他的聪慧，说明他是一个有勇有谋的人。

赫拉克勒斯尝试了很多方法，想把狮子的毛皮剥下来，可是这皮是铁器和石器都无法刺穿的。最后他用狮子的利爪把狮子的皮给剥了下来，然后把狮子皮扛在肩上，朝梯林斯的方向走去。后来，赫拉克勒斯用这张狮子皮为自己做了一面盾，用狮头给自己做了一顶新头盔。

当赫拉克勒斯再一次来到正直、热情的摩罗科斯的家里时，正是第三十天。本来摩罗科斯正打算祭祀赫拉克勒斯，此时看见他回来了，就邀请他一起祭祀宙斯。

当国王欧律斯透斯亲眼看到赫拉克勒斯扛着那头可怕的动物的皮回来时，吓得躲进了一口铜锅里，他让自己的近臣科普柔斯把他的命令传达给赫拉克勒斯。

这位英雄的第二项任务是去杀死九头蛇许德拉。许德拉是堤丰和厄喀德那所生的女儿，在勒耳那的沼泽中长大。它在陆地上肆意捕杀牲畜，以致田野变成了荒野。它体形巨大，且每个脑袋被砍掉后都会重新长出来，特别是中间的那一个是永生不死的。赫拉克勒斯勇气十足地去执行这项任务了。他驾车带着侄子伊俄拉俄斯朝着勒耳那前进。

他们终于在阿密摩涅河附近的一座小山上发现了许德拉。赫拉克勒斯叫伊俄拉俄斯把马勒住，他跳下车打算用箭把九头蛇从它隐伏的地方逼出来。果然，许德拉喘着粗气冲了出来，它摇摆着的九条细长的脖子，就像在狂风中不停摇摆的树枝。赫拉克勒斯英勇无畏地走向许德拉，用力把它抓住。但许德拉却紧紧缠住了他的一只脚，不想与他正面交锋。赫拉克勒斯就用木棍击打蛇头，因为打死一个头，就马上会长出两个来，因此用木棍击打也没有成功。不过，由于赫拉克勒斯持着用许德拉的兄弟涅墨亚狮子的皮做的盾牌，许德拉的毒液也伤不到他。赫拉克勒斯叫伊俄拉俄斯过来帮忙。伊俄拉俄斯用烧着的树枝点燃这附近的树林，熊熊火焰灼烧着巨蛇刚刚长出来的头，使其不能继续长大。最后，赫拉克勒斯砍下了许德拉那颗不死的头，并把那个头埋在路边的土里，推来一块巨大的石头压在上面。他又把许德拉的躯干砍成两段，并把箭放在许德拉有毒的血液里

名师点评

许德拉几乎是个无法战胜的对手，但赫拉克勒斯依然顽强地制伏了它。伊俄拉俄斯的帮助是战胜许德拉的必要条件，由此可以看出赫拉克勒斯懂得借助他人的力量而不是一味使用蛮力。

浸泡，从此以后，被这些箭射中的敌人都无药可救。

欧律斯透斯派给赫拉克勒斯的第三个任务是生擒刻律涅亚山的红色母鹿。这头鹿非常美丽，它长着金色的鹿角和青铜蹄子，是女神阿耳忒弥斯练习狩猎用的五头鹿中的一头，它被独自留在森林里，因为命运要让赫拉克勒斯辛苦地去追逐它。

赫拉克勒斯花了整整一年寻找这头鹿，最后在拉冬河找到了它，并用箭射伤了它的腿，让它不能奔跑，然后背着它经过阿尔卡迪亚。在那里，他遇到了阿波罗和女神阿耳忒弥斯。他们责备他设计猎捕女神的祭品，并且想夺走鹿。赫拉克勒斯就为自己辩解说："伟大的女神，我真的不是故意要这样做的，而是迫于无奈，否则，我怎么能完成欧律斯透斯交给我的任务呢？"之后，他平息了女神阿耳忒弥斯的愤怒，带着生擒的鹿返回了迈锡尼。

赫拉克勒斯的第四项任务是活捉厄律曼托斯山的那头野猪。那头野猪也是阿耳忒弥斯的祭品，厄律曼托斯一带一直遭受它的祸害。赫拉克勒斯在去执行这次任务的路上，遇到了半人半羊的山林神西勒诺斯的儿子福罗斯。福罗斯是半人马，他对待客人非常热情友好，把烤肉拿给客人吃，而自己却吃生肉。赫拉克勒斯想用美酒来配这顿美味佳肴，就向好客的福罗斯要酒。

词语在线

佳肴：精美的菜肴。

"亲爱的客人，"福罗斯说道，"在我的地窖里有一桶好酒，但是它属于所有的半人马，我不敢前去打开它，因为半人马们都不喜欢外乡人。"

"勇敢地去打开它吧，"赫拉克勒斯说，"我可以向你保证，我会保护你不受任何人的攻击。我现在真的很渴。"

这桶酒原本是酒神狄俄尼索斯交给一个半人马看管的，并且命令他不能私自打开，直到一百二十年后赫拉克勒斯来到这里。现在，福罗斯走进地窖，他刚刚打开酒桶，所有半人马都闻到了这桶上百年的葡萄酒的醇香。他们蜂拥而至，并往福罗斯的洞中投掷石块与树枝。第一个冒险闯入的半人马被赫拉克勒斯用燃烧着的树枝赶了出去，之后，赫拉克勒斯一边射箭一边追赶其他半人马。半人马们逃到了喀戎的地盘，赫拉克勒斯拉开弓朝他们射了一箭，箭从一个半人马的肩膀上飞过去，不幸射中了喀戎的膝盖。赫拉克勒斯没想到误伤了自己的老师兼好友，连忙跑上前，拔出箭，为喀戎敷药，那药还是懂得医术的喀戎送给他的。但是箭在许德拉的毒血里浸泡过，所以喀戎中的毒是不可能治愈的。不幸的是，喀戎是不死之身，他将永远活在痛苦之中。赫拉克勒斯挥泪告别了这位被痛苦折磨的半人马，并对他承诺，一定会不惜代价邀请死神这个苦难的解脱者来到这里。

赫拉克勒斯和其他半人马返回福罗斯的洞穴，但是福罗斯已经死了。原来，当福罗斯把那足以致人于死地的箭从其他半人马身上拔出来的时候，箭不慎从福罗斯的手里滑落下来，刺伤了他的脚，因为毒性发作他就死了。赫拉克勒斯感到非常悲伤，他为福罗斯举行了隆重的葬礼，把福罗斯葬在大山的下面，后来这座山就被称作福罗斯山。

赫拉克勒斯整装继续出发去寻找野猪。他大声叫喊，把

词语在线

蜂拥而至：像成群的蜂一样拥来。形容很多人乱哄哄地向一个地方聚拢。

整装：整理衣装；整理行装。

野猪从茂密的灌木丛里引了出来。他跟随它爬进雪山，用绳索套住了这只凶猛的猎物，把它活着带回了迈锡尼，完成了他的又一项任务。

赫拉克勒斯的第五、第六项任务

国王欧律斯透斯要派赫拉克勒斯去做第五件事，一件任何英雄都不屑去做的事——在一天之内把奥革阿斯的牛棚全都打扫干净。奥革阿斯是厄利斯的国王，他的牛足有三千头。他把牛分年龄用篱笆圈在宫殿的前面。这三千头牛养了很久，牛粪已经堆积得很高。赫拉克勒斯要在一天之内将如此多的牛粪清理干净，这几乎是不可能做到的。

当赫拉克勒斯站在奥革阿斯的面前，对他提出清扫牛棚这个请求时，并没有提到这是欧律斯透斯国王给他下达的任务。奥革阿斯从上到下打量这个披着狮皮、身材健美的人，想到这位高贵的勇士竟然自愿去做奴隶所做的工作，就忍不住要大笑。但是他又想："重赏之下必有勇夫，他来做这件事也许是贪图厚利。"他认为给赫拉克勒斯丰厚的赏赐是无妨的，但要在一天之内把牛棚打扫干净，这是无论如何也不可能做到的。因此，他就对赫拉克勒斯说："外乡人，你听着，如果你真的能在一天内把所有牛粪清理干净，我就把牛群的十分之一赏赐给你。"

赫拉克勒斯欣然接受了国王的条件。就在国王以为赫拉克勒斯要开始挖粪的时候，赫拉克勒斯却叫来了国王的儿子费琉斯做证人，随后在牛棚旁边挖了一条沟，让珀涅

名师点评

赫拉克勒斯有着无比强大的力量，但是仅凭蛮力是不可能完成这些"不可能完成"的事情的，这里就体现出了他过人的智慧。

俄斯河和阿尔甫斯河通过这条沟流进来，把这些牛粪都冲走。他就这样快速地完成了一件侮辱性的任务。

当奥革阿斯知道赫拉克勒斯是奉欧律斯透斯的命令来做这件事情时，他拒绝付酬金，甚至否认他曾经许下的诺言。最后他同意让法官来处理这件事。法官开庭审判，费琉斯出庭做证，他反对父亲的行为，还解释说，他父亲确实与赫拉克勒斯达成了一个赏金协议。奥革阿斯不等宣判，就在盛怒之下命令儿子放弃现有的财富和地位，和那个外乡人立刻离开自己的国土。

于是，赫拉克勒斯和费琉斯就赶着三百头牛回到了梯林斯。完成了这次新的任务，赫拉克勒斯来到欧律斯透斯的面前。但欧律斯透斯却说他的这次任务完全无效，因为他从这项任务中得到了报酬。然后，欧律斯透斯马上派遣赫拉克勒斯去完成第六项任务：驱走斯廷法罗斯湖的那群怪鸟。那是一群硕大的隼（sǔn）鹰，长着铁翼、铁爪和铁嘴。它们习惯栖身于阿尔卡迪亚的斯廷法罗斯湖畔，身上的羽毛可以像箭一样射出来，嘴可以将铜盾啄穿。它们已经伤害了那里的许多人和牲畜。

赫拉克勒斯出发不久就来到了树林中的一个湖边。他刚好在这片树林里遇上了怪鸟，它们正在努力躲避狼群的追击。赫拉克勒斯手足无措地站着，他望着这群怪鸟，不知该怎样去对付这群敌人。这时，有人轻拍了一下他的肩膀，他回头一看，发现是雅典娜。她送给他两个非常坚硬的铜锣，这是赫菲斯托斯专门为她铸造的。她还教会了赫拉克勒斯对

词语在线

手足无措：手和脚不知放在哪里才好。形容非常慌张，不知如何是好的样子。

付斯廷法罗斯湖的这些怪鸟的方法。之后，赫拉克勒斯就爬上湖边的一座小山，连续敲击铜锣来吓唬这些怪鸟。怪鸟们无法忍受这种刺耳的声响，纷纷惊恐地从树林里飞出来。赫拉克勒斯便抓起弓箭，一箭一箭地把它们从天空中射下来。逃走的怪鸟索性离开了这个地方，不敢再回来。

赫拉克勒斯的第七、第八、第九项任务

克里特的国王弥诺斯曾经对海神波塞冬许下诺言，要把最先浮出海面的东西献祭给他，因为弥诺斯认为自己国土内没有任何东西配得上海神。波塞冬想考验他一下，就让一头漂亮的牛先浮出海面。弥诺斯却把这头异常美丽的牛藏进了自己的牛群，而把另一头平凡的牛献给海神。海神为此非常恼怒，为了惩罚他，就让这头牛发了疯，发疯的牛在克里特岛上制造了非常大的混乱。赫拉克勒斯的第七项任务就是去驯服疯牛，然后把它带到欧律斯透斯跟前。

赫拉克勒斯领命来到弥诺斯的王宫，这让国王弥诺斯感到非常高兴，还亲自去帮助赫拉克勒斯捕捉这头已经发狂的牲畜。赫拉克勒斯将这头狂暴的牛驯得非常驯良，甚至可以骑上它，而它走起来像在平静的海面航行的船一样平稳。欧律斯透斯看过这头牛之后，又把它放了。没想到这头牛离开赫拉克勒斯的控制之后，又开始发起狂来。它跑遍了整个阿尔卡迪亚和拉科尼亚，经过海峡跑到了阿提卡的马拉松，又像当初破坏克里特岛一样将这里破坏殆尽。直到很久以后，它才被大英雄忒修斯驯服。

词语在线

驯良：和顺善良。

赫拉克勒斯要做的第八项任务是把色雷斯人的国王狄俄墨得斯的母马们带回迈锡尼。狄俄墨得斯是战神阿瑞斯的儿子，他拥有一群强壮狂野的母马，它们被铁链和铜槽锁着。它们所吃的饲料不是燕麦之类的粮食，而是不幸来到狄俄墨得斯的城堡的外乡人。赫拉克勒斯来到这个地方后，首先抓住了异常凶残的国王，把他扔到马槽里，随后又制伏了马厩（jiù）的看守者。这些母马饱餐之后，变得相当驯服，赫拉克勒斯就把它们驱赶到海边。但是这时，色雷斯人拿着武器追赶过来，赫拉克勒斯只好转身与他们战斗。他把这些母马都交给他最好的朋友及追随者、赫尔墨斯的儿子阿布得洛斯来看守。当赫拉克勒斯打跑了色雷斯人返回时，他才发现他的好朋友已经被再次发狂的母马们吃掉了。他沉痛地哀悼阿布得洛斯，为了纪念阿布得洛斯，他建立了阿布得洛斯城。然后他再次把母马驯服，把它们带给了欧律斯透斯。

赫拉克勒斯的第九项任务是对抗亚马逊人，把亚马逊人的女王希波吕忒的腰带拿到手，并带回来给欧律斯透斯的女儿阿特梅塔。亚马逊人居住在蓬托斯的忒耳摩冬河畔。这是一个女人的王国，她们卖掉男孩，只养育女孩。她们经常结成队伍去作战，希波吕忒是其中最善战的一个。她系着她的父亲战神阿瑞斯亲手送给她的腰带，以彰显其荣誉。

赫拉克勒斯召集一些自愿跟随他的战友来到一条船上，其中就包括日后的雅典国王、大英雄忒休斯。经历很多困难与危险之后，他们终于来到亚马逊城的忒弥斯库拉海港。希波吕忒在忒弥斯库拉海港遇到了赫拉克勒斯，这位英雄引起了她的关注。她探听到了他此次前来的目的，就答应把腰带给他。但是，那个与赫拉克勒斯不可调解的敌人赫拉变成了亚马逊人的模样，混在她们中间，四处散播谣言，说有个叫赫拉克勒斯的敌人要带走她们的国王。很快，所有亚马逊人都骑上马赶到城外对赫拉克勒斯发起猛烈的攻击。她们不是众英雄的对手，被杀、被俘的人很多，女王希波吕忒最后也把腰带交了出来，而且还成了忒休斯的妻子。

赫拉克勒斯的最后三项任务

当赫拉克勒斯把希波吕忒的腰带拿回来放到欧律斯透斯面前时，欧律斯透斯不允许他休息片刻，命令他马上出发去把巨人革律翁的牛带来。这头牛是位于世界尽头的厄律提亚岛上的一头漂亮的棕红色公牛。革律翁长得巨大无比，他有三个脑袋、三个身躯、六条胳膊和六只脚，从来没有人敢向他挑战。革律翁属下的牧牛巨人和一只长有两个头的狗在看守他的公牛。

赫拉克勒斯在克里特岛上召集起他的军队向厄律提亚岛进发。途经利比亚时，他们被盖亚的巨人儿子安泰俄斯挡住了去路。安泰俄斯力大无比，他会找每一个路过的人与他摔跤，但那些人都被他杀死了，因为安泰俄斯拥有无穷的力量。赫拉克勒斯与安泰俄斯搏斗了很久，但巨人的力气仿佛用不完一样，让赫拉克勒斯都感到吃力了。但是，聪明的赫拉克勒斯还是发现了安泰俄斯的秘密：安泰俄斯一碰到大地，也就是他的母亲，就可以重新恢复强大的力量。于是，赫拉克勒斯用他强有力的手臂将巨人抱起，把他高高举起来，扼死在空中。然后，赫拉克勒斯杀死了利比亚的所有食肉野兽，因为他非常痛恨凶残的野兽和人，这会让他想起多年来逼迫他完成艰难任务的不义的统治者。

词语在线

跋涉：爬山蹚水，形容旅途艰苦。

经过长时间的跋（bá）涉，赫拉克勒斯率领他的部队来到了大西洋。在这里，他立了两根石柱，那便是非常有名的赫拉克勒斯石柱，也就是今天直布罗陀海峡两岸的悬崖。到了伊柏里亚，赫拉克勒斯战胜了革律翁的三个兄弟和他们率领的三支陆军，最终到达厄律提亚岛，也就是革律翁和他放牧的地方。

那条长着两个脑袋的狗发现了赫拉克勒斯的身影，立刻向他扑来，但是被赫拉克勒斯用木棒打死了。随后赫拉克勒斯又杀死了那个赶来救援双头狗的身躯巨大的牧牛人。赫拉克勒斯想带着那头牛离开，但是革律翁抓住他不放，一场恶战又开始了。天后赫拉现身，亲自去帮助那个巨人，但赫拉克勒斯一箭就射中了她的胸部，天后狼狈逃走。赫拉克勒斯的第二支箭射中了巨人的身躯，把他杀死了。在经历了艰苦的考验之后，赫拉克勒斯终于带着夺来的牛经过伊柏里亚和意大利，回到了希腊。

赫拉克勒斯的第十一项任务，是取得赫斯珀里得斯圣园里的金苹果。很久很久以前，在宙斯和赫拉举行婚礼时，所有神祇都兴高采烈地带着礼物来祝贺他们，就连地母盖亚也不例外，她从西海岸带来了一棵长满金苹果的树。夜神的四个女儿赫斯珀里得斯姐妹被派去看守那个种着金苹果树的圣园，另外，还有一条长有一百个头的巨龙拉冬也守在那里。拉冬永远都不会睡觉，每一个咽喉都可以发出不同的声响。

接到任务后，赫拉克勒斯再次踏上了漫长而危险的旅程。他先到了巨人忒墨洛斯居住的忒萨吕，忒墨洛斯看见赫拉克勒斯之后，想用他那坚硬的头撞死这个半神，而赫拉克勒斯却用自己的头把巨人的头撞了个粉碎。接着赫拉克勒斯来到了厄刻多洛斯河，在这里他碰到了另一个凶猛的怪物，也就是战神阿瑞斯的儿子库克诺斯。当赫拉克勒斯向他问起去赫斯珀里得斯圣园的路时，他向这个问路人发起了挑战，结果被赫拉克勒斯杀死。这时，阿瑞斯现身了，他怒火中烧，要亲自为儿子报仇。赫拉克勒斯被迫同他开战，但是宙斯不希望他的儿子们自相残杀，就将一道闪电炸响在他们中间，从而分开了他们。

赫拉克勒斯继续前进，他经过伊吕里亚，渡过厄里达诺斯河，来到了宙斯和忒弥斯所生的仙女的住处。她们就住在这条河的岸边。赫拉克勒斯上前向她们询问前往赫斯珀里得斯圣园的路。

"去找老河神涅柔斯，"她们回答道，"涅柔斯是一个先知，他一定知道很多事情。但他擅长变形，你要趁他睡觉的时候袭击他，把他绑住，这样，他会被迫把路线告诉你。"

赫拉克勒斯按照这个建议，制伏了河神。虽然河神涅柔斯还像往常一样变换成各种不同的形象，但是赫拉克勒斯抓住河神不放手，直到他打听到赫斯珀里得斯圣园究竟在什么地方。得到答案后，他继续向利比亚和埃及前进。

名师点评

从这两次遭遇可以看出，赫拉克勒斯虽然杀戮无数，但他很少主动攻击他人（发疯时除外），反而总是迫不得已进行防御和反击，这也是他受到推崇的重要原因之一。

赫拉克靳斯到达埃及后，发现这里发生了严重的饥荒。波塞冬的儿子部西里斯是那里的统治者，有一个先知曾经给他预言，如果他每年为宙斯杀死一个外乡人就可以使土地由贫瘠（jí）变为富饶。部西里斯感激这个先知的预言，就先把他给杀了。渐渐地，这个野蛮人开始喜欢上这种行为——把所有来到埃及的外乡人全都杀死。所以，赫拉克勒斯也被抓了起来。他被拖到了宙斯的祭坛前准备屠戮。赫拉克勒斯拽断了绳索，然后把部西里斯和他的儿子、祭司全都杀了。

赫拉克勒斯继续前进，到达高加索山后，救出了普罗米修斯。随后，赫拉克勒斯又将自己的老师、时刻沉浸在无尽痛苦之中的喀戎带到这里，代替普罗米修斯锁在悬崖上。在这里，喀戎终于得到了解脱，他摆脱了不死的诅咒，被宙斯升上了天空，成为人马座。

之后，赫拉克勒斯来到普罗米修斯的弟弟阿特拉斯终日背负着天空的地方，这里离赫斯珀里得斯姐妹看守的那棵金苹果树相当近。普罗米修斯曾告诉赫拉克勒斯，不要自己去抢夺金苹果，最好让阿特拉斯去把它们摘来。赫拉克勒斯允诺在阿特拉斯离开后替他背负天空，阿特拉斯同意了这个办法，于是赫拉克勒斯就替阿特拉斯背负起天空。

阿特拉斯引诱巨龙到树下睡觉，然后杀死了它，他骗过了看守的仙女们，摘下三个金苹果，平安地带给了赫拉克勒斯。他对赫拉克勒斯说："我的肩膀第一次从天空的重压下解脱出来，我再也不愿继续扛着它了。"他说完就把苹果扔到赫拉克勒斯脚下，想让赫拉克勒斯永远替他扛起那难以忍受的重负。

聪明的赫拉克勒斯立刻想出了一个对策来获得自由。他对阿特拉斯说："让我在我的头上垫一点儿东西吧，不然我的脑袋就要被这可怕的重担压碎了。"阿特拉斯觉得这个要求十分合理，于是又接过了重负。但是，赫拉克勒斯从草地上捡起金苹果，立刻转身走了，并把它们带给了欧律斯透斯。欧律斯透斯认为赫拉克勒斯一定会因此任务而丧命，但赫拉克勒斯居然没有死，欧律斯透斯就把金苹果赐给了赫拉克勒斯。赫拉克勒斯把它们供在了雅典娜的圣坛上，但是这位女神知道这些圣果是不可以随便放到别处的，于是又把这些金苹果带回了赫斯珀里得斯圣园。

最后一个任务，狡诈的国王让赫拉克勒斯与地府的黑暗力量进行搏斗。国王要他把冥王哈迪斯的看门狗刻耳柏洛斯带出地府。这只狗有三个头，每张嘴都流着可怕的毒涎，它身后拖着一条龙尾，头顶和背部全都盘着咝咝作响的毒蛇。

赫拉克勒斯为了准备这次可怕的行程，来到厄琉西斯城，那里的一个见多识广的祭司向他传授了一些神秘的知识。就这样，赫拉克勒斯带着神秘的知识跋涉到了伯罗奔尼撒的泰那戎城，通往冥府的门就在那里。在灵魂的陪伴者赫耳墨斯的引导下，他往下走到幽深的山谷里，来到了冥王哈迪斯的冥府——哈迪斯城。那些徘徊在哈迪斯城门前终日哭泣的悲惨的阴魂，一看到这个生龙活虎、血肉丰满的活人就都逃跑了，只有英雄墨勒阿革洛斯和女妖墨杜萨的灵魂敢在他的面前停留。赫拉克勒斯拔出剑想杀死墨杜萨，但是赫耳墨斯拉住了他的手臂，告诉他这些灵魂只是空壳，剑无法伤到他们。赫拉克勒斯对墨勒阿革洛斯的灵魂非常友好，他答应墨勒阿革洛斯向他在人间的姐姐致以问候。

当快要到达哈迪斯城的大门时，赫拉克勒斯看到了他的朋友庇里托俄斯和忒休斯。忒休斯是陪同庇里托俄斯来冥府向冥后珀耳塞福涅求婚的。这两个人因为胆大狂妄而被冥王哈迪斯锁在了一块大石头上。当他们看到好朋友到来时，就向他伸出求助的手，希望凭借赫拉克勒斯的力量重返人间。赫拉克勒斯抓住了忒休斯的手，将他的锁链解开，扶他起来。当他正想释放庇里托俄斯时却功亏一篑了，因为他脚下的地面开始摇动起来。

赫拉克勒斯继续前进，终于在冥府门口遇上了冥王哈迪斯，他将箭射进了冥王的肩膀，虽然并不致命，却也令冥王感到了疼痛。所以，当赫拉克勒斯请求哈迪斯把那只看门的狗给他时，哈迪斯并没拒绝，但是提出了一个要求：赫拉克勒斯不能用武器去驯服这只狗。于是赫拉克勒斯只穿了胸甲，披着狮子皮，开始找寻这个怪物。他发现它正蹲坐在冥河旁边。那只狗的三个头发出了雷鸣般的狂吠，但是赫拉克勒斯管不了这些，他找准机会，用胳膊抱住它的脖子，用腿夹住它的三个头，不让它逃走。狗的尾巴是一条蛇，它扑到前面，咬住赫拉克勒斯的身体。他就任由它咬着，仍然死死扭住它不放，直到把这只狂傲的怪物驯服为止。

赫拉克勒斯举起那只狗，经过冥府的另一个出口——阿耳戈利斯的特洛伊，平安回到了人间。这只狗一看到阳光，

词语在线

功亏一篑：伪古文《尚书·旅獒》："为山九仞，功亏一篑。"堆九仞高的土山，只差一筐土而不能完成，比喻一件大事只差最后一点儿人力物力而不能成功（含惋惜意）。

就恐惧地开始从嘴里吐毒涎，毒涎掉到地上，地上立即长出了有毒的乌头树。赫拉克勒斯立刻将它锁上，把它带到梯林斯。当赫拉克勒斯把这只怪物带到欧律斯透斯的面前时，欧律斯透斯惊讶得简直不敢相信自己的眼睛。现在，他终于明白要除掉赫拉克勒斯是不可能的了，一切都是命运的安排。他宣布赫拉克勒斯完成了自己下达的所有任务，让他再把那只恶狗送回冥府。

📝 名师点评

与其说是"命运的安排"，不如说是赫拉克勒斯用自己的强大、坚韧和智慧战胜了命运。

赫拉克勒斯得到了自由，但是由于他杀死了自己的儿子，已经无法再与墨伽拉相处，于是他选择到更远的地方去进行长期冒险。后来，他参与了"阿尔戈"号的远航，还攻打了曾欺骗自己的特洛伊国王拉俄墨冬，娶了美丽的得伊阿尼拉为妻，但是得伊阿尼拉害怕丈夫离开自己，听信了坏人的话，将一瓶毒药误认为是维持爱情的药抹在了赫拉克勒斯的衣服上。赫拉克勒斯痛苦万分，于是让伙伴们将自己抬到山顶上，想要在火堆中结束自己的生命。这时，一片云霞将他送到了奥林匹斯山。经受了在人间的所有苦难，赫拉克勒斯终于成为奥林匹斯山上的天神。赫拉与他和解，还把青春女神赫柏嫁给了他。

品读赏析

赫拉克勒斯和希腊大多数神话人物一样，既有光彩照人的一面，也有很大的性格缺陷。但他之所以被视为希腊神话中最伟大的英雄之一，是因为他在面对苦难的人生和一个又一个几乎"不可能完成"的任务时，从来没有气馁，而是通过自己的勇敢和智慧——将其克服，最终战胜了不公的命运。他的坚韧、勇敢和智慧，都值得人们敬仰和学习。

写作积累 XIEZUO JILEI

炯炯有神　气焰嚣张　蜂拥而至　手足无措　驯良 跋涉　贫瘠　功亏一篑

· 这些巨人从地下冲出来，跑到忒萨利亚的佛勒格剌广阔的田野。天上的星星见到他们也被吓得苍白无力，阿波罗害怕得把他的太阳车掉转了方向。

· 天地间马上变得混乱，一切又如同开天辟地的时候一样，因为巨人们已经将一座座高山连根拔起。

· 果然，许德拉喘着粗气冲了出来，它摇摆着的九条细长的脖子，就像在狂风中不停摇摆的树枝。

思考练习

1.你认为赫拉克勒斯是靠什么完成这么多"不可能完成"的任务的？

2.读完全文，你觉得赫拉克勒斯有资格被称为希腊神话中"最伟大的英雄之一"吗？说出你的理由。

众神之王奥丁

在北欧神话中，众神之王奥丁是一个威严而又富有智慧的大神。他只有一只眼睛，却能看到世界的各个角落，甚至能够预知未来。强大的奥丁为什么只有一只眼睛？他又是如何拥有非凡智慧的呢？

最初的世界，是由冰雪世界尼福尔海姆和火焰国度穆斯贝尔海姆组成的，二者之间是一条巨大的鸿沟。在火焰国度的热浪和冰雪世界的寒气的不断作用下，鸿沟内的毒水中诞生了最初的生命——所有巨人的祖先尤弥尔。随后，天地间又诞生了一头名叫欧德姆布拉的母牛，母牛靠舔食冰雪以及冰丘上的盐霜为生，尤弥尔则以母牛的乳汁为食。不久，从尤弥尔的腋下突然诞生了一男一女两个巨人，随后这两个巨人逐渐繁衍出更多冰霜巨人，他们大多生性残暴，喜欢破坏，是众神永远的敌人。

一天，母牛又在舔着冰雪和盐霜，突然，冰块中出现了一个高大英俊的男人，他的名字叫作布利，是所有神的祖先。不久后，布利生下了儿子包尔，包尔娶了尤弥尔的后人、女巨人贝斯特拉，又生下了三个儿子：奥丁、威利和菲。

尤弥尔作为世界的主宰，对世界施行残暴的统治，杀死了布利。奥丁和两个弟弟不顾与这个邪恶巨人的血缘关系，齐心协力杀死了尤弥尔，并将他的尸体改造为适合生物生存的世界：头颅变成天空、身体变成大地、骨骼变成山峰、血变成海、毛发变成草木……同时，尤弥尔尸体的肉变成了丑陋的矮人，蛆虫变成了美丽的精灵。随后，奥丁和弟弟们又从火焰国度采来许多火星抛到天上，成为日月和满天繁星。后来，奥丁又让一个巨人的女儿苏尔升上天空，驾驶日车，成为太阳女神；苏尔的弟弟玛尼则驾驶月车，成为月神。就这样，太阳和月亮开始有序运转，世界变得更美好了。

世界初具形态后，众神开始考虑创造一种完美的生物来帮忙管理这个世界。一天，奥丁和两个弟弟在海边散步时，海浪冲来了两截木头，一截是桦木，一截是榆木。三位神明捡起木头，将桦木雕成了男人，取名阿斯克（意为桦树）；榆木雕成了女人，取名爱波拉（意为榆树）。接着，奥丁赐给他们生命和呼吸，威利赐给他们灵魂和智慧，菲赐给他们体温和官感。就这样，人类诞生了。

此时，冰霜巨人们生活在约顿海姆，他们也想统治世界，并对奥丁恨之入骨，一心想要毁灭众神和人类。众神为了自保，在一块高地上建造了一座伟大的城市，取名阿斯

名师点评

尤弥尔的尸体化作天空大地、山川河流的故事与我国古代创世神盘古的故事类似，但是尤弥尔是被动的，盘古则是主动造福世界。

加德，这里就成为以奥丁为首的阿萨神族居住的地方，而以海神尼约德为首的华纳神族则生活在华纳海姆。华纳神族曾与阿萨神族进行过惨烈的战争，但现在已经和解了。连接阿斯加德和人类生活的米德加尔特（意为大地）的，是一座彩虹桥，奥丁之子、守护神海姆达尔守卫在桥头，他的眼睛和耳朵都十分灵敏，而且就算日夜不休地工作也不会疲倦。

支撑着阿斯加德、米德加尔特、约顿海姆、华纳海姆、尼福尔海姆、穆斯贝尔海姆等九个世界的，是无比庞大的世界树。三根巨大的树根支撑着世界树，每根树根末端都有一眼泉水，为世界树提供水分。其中一根树根在阿斯加德，奥丁经常召集诸神在树根旁的泉水边开会；还有一根树根在寒冷的冰雪世界尼福尔海姆，黑龙尼德霍格（意为绝望）盘踞在那里的泉水边，不断啃噬着世界树的根，等到它啃断树根时世界就会毁灭；最后一根树根在巨人们所在的约顿海姆，那里的泉水名叫智慧泉，其中充满了知识和智慧。但是，尤弥尔的后人、智慧巨人密米尔日夜不停地看守着智慧泉，除了他自己，谁也喝不到智慧泉的泉水。

> **✎ 词语在线**
>
> 盘踞：非法占据；霸占（地方）。

已经成为众神之王的奥丁，迫切地想喝到智慧泉的泉水。因为他不时能看到一些不祥之兆，于是就想通过智慧泉的能量让自己变得更加富有知识和智慧，以对抗终将到来的不幸。于是，奥丁化名为漫游者维格坦，既没有骑自己的八足神马斯莱普尼尔，也没有戴自己的鹰盔，只披了一件深蓝色的斗篷就只身穿过人类生活的米德加尔特，来到了自己的宿敌——巨人们生活的约顿海姆。

奥丁能够随意变化自己的外貌，遇到人类就变成凡人，遇到巨人就变成巨人。到了离智慧泉不远的地方，他看到了一个骑着巨鹿的巨人。奥丁紧走几步，与巨人并排前行，并很快与其攀谈起来。奥丁装作很随意的样子问巨人："嘿，兄弟，你是谁？"

巨人回答说："你怎么会连我都不知道？我就是全知全能的巨人瓦弗鲁尼尔。"

奥丁回答："久仰大名，只是今天才得以一睹尊容。"这并不是恭维，奥丁的确早就知道瓦弗鲁尼尔是最聪明的巨人，连奥丁的妻子、天后弗丽嘉都常常提到瓦弗鲁尼尔。

🖊**词语在线**

恭维：为讨好而赞扬。

听了奥丁的话，瓦弗鲁尼尔显得非常高兴。奥丁接着说："我是漫游者维格坦。瓦弗鲁尼尔，我想向你请教一些事情。"

瓦弗鲁尼尔咧嘴笑道："既然你听说过我，那一定知道向我请教的代价是什么吧。"

奥丁说："知道。如果有人想从你这里获得智慧，首先必须回答你三个问题。如果回答不上，你就会砍掉他的头颅。"

瓦弗鲁尼尔说："既然你已经知道，那么就做好和我斗智的准备吧。如果我回答不出你的问题，就会告诉你你想知道的一切，或者把脑袋给你。当然如果你回答不出我的问题，你的项上人头就要给我。开始吧！"

"我准备好了。"奥丁说。

"请你告诉我，"瓦弗鲁尼尔率先发问，"阿斯加德与约

顿海姆的分界点是什么？"

奥丁回答："是一条冰冷刺骨但从不结冰的河，名为伊芙琳。"

"不错。"瓦弗鲁尼尔说，"但你还得回答出其他问题。日神达古和夜神诺特遨游穹宇之际，所骑的骏马分别叫什么名字？"

"斯基法克斯和赫利姆法克斯。"这是唯有诸神和瓦弗鲁尼尔这样最有智慧的巨人才能知晓的名字，听到这个正确答案，瓦弗鲁尼尔极为震惊。现在，瓦弗鲁尼尔只能再问一个问题了，接着就轮到这名神秘的陌生人向他提问了。

"告诉我，"瓦弗鲁尼尔说，"最终的决战会在哪里展开？"

奥丁满脸忧伤地回答道："在方圆一百英里的维加德平原上。"

瓦弗鲁尼尔沉默了，他没想到这个陌生人连发生在未来的事都知道，他在心中思考着对方的来历。接下来，奥丁问瓦弗鲁尼尔："奥丁在他的爱子巴德尔耳边说的最后一句悄悄话是什么？"

名师点评

瓦弗鲁尼尔号称"全知全能"，普通的问题根本难不住他，所以奥丁问出了只有自己知道答案的问题，这里体现了奥丁的机智。

瓦弗鲁尼尔大惊失色，他立刻从鹿背上跳下来，紧盯着这个陌生人说："这个问题的答案只有奥丁自己知道，也只有奥丁才会问这个问题。你就是奥丁吧？你的胆子可真够大的，你不知道每一个巨人都想要你的命吗？"

奥丁满不在乎地说："你只要回答我的问题就够了——想要喝到密米尔守护的智慧泉之水，要付出什么样的代价？"

"我不想回答你的问题。"

"那么我就只能按照约定取走你的头颅了。"奥丁说。

"好吧，我告诉你，你要以失去右眼为代价，奥丁。"瓦弗鲁尼尔道。

"不能讨价还价吗？"奥丁问。

"完全不能。许多人去求过密米尔，但没有一个人有勇气答应密米尔的条件。现在，奥丁，你可以放过我的头颅，让我走了吧？"

奥丁大度地挥挥手说："当然可以，请吧。"于是，瓦弗鲁尼尔骑上巨鹿，继续赶路。

奥丁目送着这位智者离开，内心陷入了踌（chóu）躇（chú）之中。他没想到，为了喝一口智慧泉之水，竟要付出如此高昂的代价！奥丁很清楚，虽然密米尔是自己母亲贝斯特拉的兄弟，但是自己早已同巨人族决裂，密米尔肯定不会因为这层关系而对自己网开一面的。他实在舍不得自己的右眼，几次想要返回阿斯加德，但是一想到那场未来的灾难，他就很清楚自己非喝到智慧泉之水不可。

百般纠结之中，奥丁再次上路了，但他既没有返回阿斯加德，也没有继续前往智慧泉。他一路向南走，在火焰国穆斯贝尔海姆看到了掌管那里的火焰巨人苏尔特尔。奥丁知道苏尔特尔就是最后决战时神族强大的敌人，他手中的烈焰之剑将毁灭一切。接着奥丁又往北走，来到冰冷又恐怖的尼福尔海姆，其他八个世界原本也该是这样的。至此，众神之王奥丁终于下定决心：一定不能让苏尔特尔的烈焰焚毁一切，也不能让冰雪将世界重新卷入黑暗和虚无。要做到这

名师点评

奥丁的退缩并不是懦弱，反而显示出他真实的一面，也将他后面做出的选择衬托得更加伟大。

一点，他就必须得到能够拯救世界的智慧。

于是，奥丁开始毫不犹豫地赶往智慧泉。到了那里，目光深邃（suì）而专注的巨人密米尔已经在等着他了。每天都在饮用智慧泉之水的密米尔很清楚来者是谁，也清楚对方的目的，于是他先开口说道："你好，诸神之父奥丁。"

奥丁向这位智者表达敬意之后说："密米尔，我想喝一口你所守护的智慧泉之水。"

密米尔回答说："可以。但是你知道要付出的代价是什么吗？那是一个能让所有来求水的人望而却步的代价。你呢，诸神之父，你会退缩吗？"

"不论是什么代价，我都不会退缩。"奥丁坚定地回答道。

"那么，请喝吧。"密米尔说完，就用一只号角从泉眼中舀满水，递给了奥丁。

奥丁一口气喝完了号角中的水，未来的一幕幕就清晰地浮现在眼前，他看到了人类和诸神即将遭受的种种痛苦，也更加深切地意识到这场名为"诸神的黄昏"的劫难必将到来。但是他同时也知道了，只要诸神和人类做出努力，就可以保留一股力量，在"诸神的黄昏"到来时给将被摧毁的世界保存一线生机、一个希望，如此，世界便有机会重生。

将号角还给密米尔之后，奥丁就伸出右手，取出了自己的右眼。虽然剧痛钻心，但奥丁并没有发出一声呻吟和抱怨。他低下头，用斗篷遮住了右脸，走了。密米尔接过奥丁的眼睛，投进了智慧泉中。那只眼睛在水底闪闪发光，依然在看着过去和未来发生的一切事情。

✎ 词语在线

劫难：灾难；灾祸。

品读赏析

奥丁的地位与希腊神话中的宙斯相似，奥丁有时虽然也像宙斯一样好色、残暴，但是他更加博大，也更具有牺牲和奉献的精神。用右眼换取智慧，就是奥丁奉献精神的体现。面对几乎无法逃避的命运，他的努力似乎是徒劳的，但他依然勇敢、坚定，这一点就很值得我们敬佩。

写作积累 XIEZUO JILEI

恨之入骨　盘踞　宿敌　恭维　遨游　踌躇　网开一面

·头颅变成天空、身体变成大地、骨骼变成山峰、血变成海、毛发变成草木……同时，尤弥尔尸体的肉变成了丑陋的矮人，蛆虫变成了美丽的精灵。

·一定不能让苏尔特尔的烈焰焚毁一切，也不能让冰雪将世界重新卷入黑暗和虚无。要做到这一点，他就必须得到能够拯救世界的智慧。

·奥丁一口气喝完了号角中的水，未来的一幕幕就清晰地浮现在眼前，他看到了人类和诸神即将遭受的种种痛苦，也更加深切地意识到这场名为"诸神的黄昏"的劫难必将到来。

思考练习

1.众神之王奥丁是如何创造世界和人类的？

2.奥丁为什么想喝智慧泉之水？

3.奥丁是如何战胜全知全能的巨人瓦弗鲁尼尔的？

希芙的金发

　　洛基是火神，也是恶作剧之神。为了报复讨厌自己的雷神托尔，洛基对托尔的妻子希芙做了一件可恶的事，惹恼了众神。那么，洛基做了什么可恶的事？这个恶作剧又是如何收场的呢？

　　众神之王奥丁在与天后弗丽嘉结婚之前，曾经和女巨人娇德生下过一个儿子，他就是雷神托尔。托尔力大无穷，尽职尽责地守护着阿斯加德的和平，与不时来袭击阿斯加德的冰霜巨人对抗。托尔的妻子，就是美丽而善良的土地与收获女神希芙。希芙一出生就长着一头金发，仿佛金黄的麦穗一样耀眼。希芙非常爱惜自己的头发，总是仔细地梳理它们，连性情暴躁易怒的托尔都对她的头发赞美不已。

　　但是，有一位喜欢恶作剧的神盯上了希芙的金发，他就是火神洛基。洛基原本属于巨人族，后来成为奥丁的结义兄弟，所以也住在阿斯加德。洛基非常英俊，性情却极为乖张，他满口谎言，很善变，经常用诡计欺骗众神，大家都

词语在线

恶作剧：
①捉弄耍笑，使人难堪。
②捉弄耍笑、使人难堪的行为。

对他厌恶不已。特别是暴躁的托尔和性情耿直的海姆达尔，常常表现出对洛基的厌恶，以至洛基总想找到报复他们的机会。这一次，洛基终于找到了机会——他决定对托尔的妻子希芙下手。

这一天，希芙正在屋外睡觉，她那引以为豪的美丽头发倾泻而下，仿佛金色的瀑布。洛基拿着一把剪刀，蹑（niè）手蹑脚地走了过去，将希芙的宝贝头发剪得一根不剩。接着洛基就得意地溜走了。不久，托尔回到了家，大声呼喊自己的妻子，却看到希芙正戴着面纱躲在一块石头后面哭泣。托尔问她怎么了，希芙啜泣着说有人趁自己睡觉时将自己的头发剪光了。托尔立刻知道是谁做了这种可恶的事，他拉着妻子来到诸神的议事厅，找父亲讨公道。

诸神一听说这个情况，立刻议论纷纷："这种可恶的事，一定是洛基干的！除了他还能有谁？"

托尔大声说道："我就知道是他，虽然我不知道他躲到了哪里，但是我看到他时一定会亲手杀了他！"

"不，托尔，你不能这么做，阿斯加德诸神是不能自相残杀的。"奥丁说，"我会让洛基来到这里，让他把希芙的金发还回来。你知道他有多狡猾，这件事他是能够做到的。"

奥丁的命令瞬间传遍阿斯加德的每个角落，洛基不得不从藏身之处出来，来到诸神的议事厅。奥丁用眼神制止了想要立刻攻击洛基的托尔，并对洛基说："洛基，如果你不想死的话，必须立即恢复希芙美丽的金发。"

洛基想了想，说道："诸神之父奥丁，我会按照您的指示

词语在线

蹑手蹑脚：形容走路时脚步放得很轻。

完成此事。"洛基即将出发时，托尔抓住了他，这一抓让洛基万分疼痛。托尔威胁洛基，如果希芙的头发无法恢复，就将他的骨头一根一根拆下来。洛基苦苦求饶，托尔这才放手。

洛基的办法，就是求助矮人们。矮人们生活在斯华特海姆的洞穴里和山谷中，他们毕生不能见到阳光，否则就会化成石头。他们身材矮小，性情乖戾（lì），相貌丑陋，却是所有种族中最好的工匠。洛基原本就与矮人们有交情，现在被勒令恢复希芙美丽的金发，他便径直来到了斯华特海姆。

到斯华特海姆时，洛基看到矮人们正在各自的熔炉边工作，他一眼就看到了一柄名叫冈格尼尔的长枪。这柄长枪投出去会像流星一样闪亮，即便掷枪之人准头再差都可以准确命中目标。此外，洛基还看到一艘神奇的船，名叫斯基德普拉特尼。这艘船可以缩小放在口袋里，也可以变大装下所有神和他们的武器。

洛基用自己的三寸不烂之舌，极力恭维矮人们的工艺，并向他们许诺了许多只有阿斯加德诸神能够拿出且矮人们垂涎已久的东西，这让矮人们觉得自己几乎能得到整个阿斯加德。最后，洛基才说出了自己的目的："虽然你们的技艺天下无双，但是我觉得你们依然无法锻造出像希芙的金发那样美丽的金线。如果你们能做到，就连诸神都会忌妒你们的手艺了。"说完，洛基拿出了一根金条。

矮人们受了他的刺激，毫不犹豫地接过金条扔进火中，随后又将它取出来放在铁砧上，用小锤子把金条锻成一根根像头发一样纤细的丝线。仅仅这样还不够，希芙的金发是

词语在线

乖戾：（性情、言语、行为）别扭，不合情理。

世界上最精细的东西，矮人们又精心地把它们打造得像日光一样明亮，这样终于能与希芙的金发媲美了。同时，矮人们还将自己一族独特的魔法融入金发中，让它们能够像真正的头发一样生长。完成后，洛基拿起这些金制假发，发现它们轻盈得几乎感受不到它们的重量。

贪心的洛基并不知足，他继续恭维矮人们，许诺给他们更多的东西。一向多疑的矮人这次却彻底被洛基的花言巧语迷住了，竟然将"流星之枪"冈格尼尔和神奇的宝船斯基德普拉特尼送给了洛基。等洛基一走，矮人们才回过神来，懊悔将那么珍贵的东西送了出去，但是已经无法挽回了。

洛基得意扬扬地回到了阿斯加德，走进了诸神的议事厅。他对满面愠色的托尔视而不见，只是让可怜的希芙把面纱摘下，随后拿出金制假发戴到了她的头上。这些假发比她原来的头发更加柔软、精细、闪亮，而且仿佛生了根一样长在了她的头上。为了巴结阿萨神族和华纳神族诸神，洛基将冈格尼尔献给了阿萨神族之王奥丁，又将斯基德普拉特尼送给了华纳神族的首领尼约德的儿子、精灵之王弗雷。看着诸神对希芙的金发和两件宝物赞不绝口，得意扬扬的洛基故技重施，又去与矮人们打赌，让他们打造出了一把能把山峰夷为平地的巨锤。除了托尔，诸神谁也拿不动巨锤。矮人们把巨锤献给了托尔，这把巨锤就是雷神之锤。托尔得到雷神之锤后如虎添翼，让巨人们更加畏惧，成了无人可敌的最强大的神。

品读赏析

　　洛基是高贵的神明，却任性地做出种种恶劣行为，引起了众神的反感。这次他又恶意剪掉了希芙最珍视的金发，引发了众怒，希芙的丈夫托尔甚至想杀了他。可见，我们对于自己的一些不好的行为，一定要及时纠正，否则就可能积少成多，铸成大错。

写作积累 XIEZUO JILEI

恶作剧　乖张　耿直　蹑手蹑脚　乖戾　垂涎　愠色

·希芙一出生就长着一头金发，仿佛金黄的麦穗一样耀眼。

·这一天，希芙正在屋外睡觉，她那引以为豪的美丽头发倾泻而下，仿佛金色的瀑布。

·洛基用自己的三寸不烂之舌，极力恭维矮人们的工艺，并向他们许诺了许多只有阿斯加德诸神能够拿出且矮人们垂涎已久的东西，这让矮人们觉得自己几乎能得到整个阿斯加德。

·仅仅这样还不够，希芙的金发是世界上最精细的东西，矮人们又精心地把它们打造得像日光一样明亮，这样终于能与希芙的金发媲美了。

思考练习

　　1.洛基为什么要剪掉希芙的金发？

　　2.洛基是怎样恢复希芙的金发的？

　　3.你如何看待洛基这个人物？

女武神瓦尔基里

为了应对"诸神的黄昏"，奥丁建立了英灵殿瓦尔哈拉，从人间招募战死的勇士来充当自己的战士。为这些英灵引路的，就是著名的女武神瓦尔基里。瓦尔基里是一群怎样的神灵？著名的女武神布伦希尔德身上又发生了哪些神奇的故事呢？

喝过智慧泉之水的奥丁，知道自己接下来最主要的任务就是全力应对"诸神的黄昏"。虽然这场毁灭是发生在遥远的未来的，但如果不早做准备，世上的一切都会完全消失，而且无法重生。

为了应对从穆斯贝尔海姆、尼福尔海姆以及冥界来的骑兵、巨人、怪物的进攻，奥丁特意储备了一支防卫大军。这支大军并非从诸神中挑选，而是从人类中挑选的战死的英灵。奥丁是战争之神，最喜欢看到人间发生战争，他甚至还会派出能制造混乱的神去米德加尔特制造战争，以此来补充自己的英灵大军。人间的战士们无不以成为为奥丁而战的英灵为荣，他们认为自己只要英勇奋战而死，就能够

名师点评

从这里可以看出，奥丁虽然具有牺牲精神，但还是有残暴的本性，不顾底层人民的死活，这是值得批判的。

来到奥丁的英灵殿——瓦尔哈拉。瓦尔哈拉是奥丁的住所之一，也是在人间阵亡的英灵们的住所。这座宫殿有五百四十个大门，每个大门都能同时容纳八百位战士并排出入。这些战士白天在殿外拼死操练，互相厮杀，到了晚上，他们的伤会立刻痊愈，并能享受在瓦尔哈拉摆下的盛宴。在宴会上，英灵们可以尽情享用巨大的野猪沙赫利姆尼尔的肉，这头野猪每天都被下锅，但第二天又会变得膘肥体壮。同时，英灵们还能尽情饮用山羊海德伦源源不断的奶酿成的美酒。奥丁也会坐在英灵中间，但他只喝酒，不吃肉，他将肉喂给时刻伴随自己的两匹凶狠的狼。

战死的勇士都能升上瓦尔哈拉吗？不是的，他们还要经过女武神瓦尔基里的挑选。这些女武神多数都是人间的公主，但也有奥丁的侍女以及诸神的女儿。这些女武神美丽又无畏，她们戴着金盔或银盔，穿着血红色的紧身战袍，拿着发光的矛和盾，骑着小巧而剽（piāo）悍的白色战马在彩虹桥上不停地奔驰。等她们从人间回来时，战马上就会多一位英灵。在战场上，垂死的勇士们如果得到女武神的青睐，就能获得女武神的死亡之吻，随后他们的亡灵就会跟随女武神来到瓦尔哈拉。

女武神不止美丽、勇敢，而且很有智慧，因为她们都得到了奥丁传授的蕴含着宇宙秘密的卢恩文字。其中，得到卢恩文字最多的，是年龄最小的布伦希尔德。有人说，布伦希尔德是奥丁的女儿，但也有人说她是人间国王奥德利的女儿。当布伦希尔德准备首次前往米德加尔特时，奥丁送给了

词语在线

剽悍：敏捷而勇猛。也作慓悍。

她一件天鹅羽衣，使得她能够像天鹅一样在空中飞翔。

兴奋的布伦希尔德穿着羽衣在战场上空翱翔，交战的双方是年老的国王龚纳尔和年轻的勇士阿格纳尔。布伦希尔德得到奥丁的旨意，要将胜利赐予龚纳尔。但是，她一时失手，竟然杀死了龚纳尔，让阿格纳尔获得了胜利。就在那一刻，布伦希尔德的厄运便已注定，她再也无法回到阿斯加德了，只能做一个日渐衰老的凡间女子。命运女神已经开始纺织布伦希尔德的命运之线了。

奥丁非常喜欢布伦希尔德，但是她毕竟违背了自己的命令，就连奥丁都无法再次让她成为女武神。于是，奥丁骑上自己的八足神马斯莱普尼尔来到布伦希尔德身边，想问问她在有限的生命里还有什么要求。

布伦希尔德回答说："我知道我已经无法再回到瓦尔哈拉，只能像平凡女子一样嫁给人类。但是，我希望我的丈夫是一个不知道恐惧为何物的真正的英雄。"

"我将让你如愿，"众神之父说，"我会让你在沉睡中永葆青春，只有真正不知道恐惧为何物的英雄才能来到你的身边。"

于是，奥丁命令矮人在一座名为希恩达尔的高山上建了一座宫殿，宫殿四周都是升腾盘旋、永不熄灭的火墙。随后奥丁让布伦希尔德穿上瓦尔基里的盔甲，躺在殿中的床上，并用睡眠之树的棘刺刺入布伦希尔德的身体。就这样，布伦希尔德开始沉睡在这座烈火环绕的宫殿里，直到那位无所畏惧的勇士穿过火焰的藩篱将她唤醒，开启她作为凡间女子的一生。

✍ **名师点评**

这里体现出布伦希尔德的高傲，即使变成凡人，她依然希望自己的丈夫是最勇敢的人。

多年之后，杀死了巨龙法夫纳的英雄齐格鲁德偶然喝了龙血，获得了听懂鸟语的能力，从鸟儿的口中得知一位美丽的女武神沉睡在四周围绕着火焰的宫殿中。于是，齐格鲁德勇敢地穿越了火墙，唤醒了布伦希尔德。两个人一见钟情，齐格鲁德将从法夫纳那里得到的黄金戒指送给了她。不幸的是，下山处理其他事务的齐格鲁德在不知情的情况下喝了暂时让人失忆的药，与别人结了婚，虽然后来齐格鲁德恢复了记忆，但他不愿背叛自己的妻子。愤怒的布伦希尔德唆使自己的另一位倾慕者派人暗杀了齐格鲁德。齐格鲁德临死前杀死了凶手，并将真相告诉了布伦希尔德。布伦希尔德无比懊悔，又悲痛万分，于是用齐格鲁德的剑自杀了。就这样，最著名的瓦尔基里布伦希尔德走完了她作为凡人的短暂的一生。

词语在线

一见钟情：男女间一见面就产生了爱情。

品读赏析

女武神瓦尔基里在战场上的飒爽英姿，为北欧神话整体上阴暗的色调增添了一抹亮色，读来惹人喜爱。而布伦希尔德的悲剧，既是因为命运的捉弄，一定意义上又是她自身的性格缺陷导致的，因此，这个角色让人又爱又恨，极具艺术魅力。

写作积累 XIEZUO JILEI

膘肥体壮　剽悍　翱翔　一见钟情　唆使

·这些女武神美丽又无畏，她们戴着金盔或银盔，穿着血红色的紧身战袍，拿着发光的矛和盾，骑着小巧而剽悍的白色战马在彩虹桥上不停地奔驰。

·就在那一刻，布伦希尔德的厄运便已注定，她再也无法回到阿斯加德了，只能做一个日渐衰老的凡间女子。命运女神已经开始纺织布伦希尔德的命运之线了。

·就这样，布伦希尔德开始沉睡在这座烈火环绕的宫殿里，直到那位无所畏惧的勇士穿过火焰的藩篱将她唤醒，开启她作为凡间女子的一生。

思考练习

1. 奥丁为组建防卫大军做出了哪些努力？
2. 女武神瓦尔基里是一群怎样的神灵？
3. 布伦希尔德的悲剧是如何发生的？

阿里巴巴和四十大盗

　　这是一个选自《一千零一夜》的著名民间传说。阿里巴巴在一次砍柴时意外地发现了四十大盗藏匿财宝的山洞，并得知了打开洞门的咒语。阿里巴巴拿出了好多金币，但这件事情却因为他哥哥戈西姆的贪心而被强盗们发现，这会造成怎样的后果呢？强盗们会怎样对付阿里巴巴呢？

　　从前，在波斯国的一座城市里居住着两兄弟，哥哥叫戈西姆，弟弟叫阿里巴巴。他们的父亲去世之后，兄弟俩就把父亲的财产分完，各自成家，自谋生路了。没过多久，父亲的遗产就被他们花光了，他们的生活也变得越来越艰难。为了养家糊口，解决生计问题，兄弟俩只得日夜奔波，吃了很多苦头。

　　后来，戈西姆幸运地娶了一个富商的女儿，并且继承了岳父的家产，逐渐走上了经商致富的道路。由于戈西姆头脑灵活，生意做得很好，他很快就成为非常有名气的大富商。阿里巴巴却娶了一个贫苦人家的女儿，夫妻俩过得十分清苦。他们家只有一间破屋和三头毛驴。阿里巴巴以打柴为生，他每天赶着毛驴到山上砍柴，再驮到市场上去卖，以此来维持全家人的生计。

✏️ **词语在线**

清苦：贫苦（旧时多形容读书人）。

有一天，阿里巴巴照常赶着三头毛驴到山上去砍柴，他把砍下的枯树枝和干木柴收集起来，并且将它们捆绑好，用毛驴驮着。当他砍完柴正要下山的时候，远处突然出现了一股烟尘，尘土一直飞扬到上空，还朝他这儿袭来，并且越来越近。靠近以后，阿里巴巴才看清楚原来是一支马队正快速地往他这个方向冲来。

这时阿里巴巴感到非常害怕，担心他们会把自己的毛驴抢走，更担心自己的性命会保不住。他的内心充满恐惧，想掉头逃跑，但是那队人马跑得非常快，离他也越来越近。他想从这片森林里逃出去已经不可能了，眼下唯一的办法就是把毛驴赶到森林的小道里，自己则躲到一棵大树上。

那棵大树旁边有一块巨大而且险峻的石头。他就躲藏在茂密的枝叶之间，从那里可以清楚地看到下面的一切，下面的人却看不到他。

很快，那队人马就跑到了那棵树的旁边，他们勒马停步，刚好在大石头前站定。他们有四十个人，一个个都行动敏捷，身强体壮。阿里巴巴仔细打量起他们，看出这一伙人是拦路抢劫的强盗，他们显然是刚刚抢劫了一支满载货物的商队，来这里分赃的，或者是准备把抢来的货物藏匿起来。

强盗们来到树下拴好马，从马鞍上取下沉甸甸的袋子，袋子里面装满了金银珠宝。

这时，一个看起来是首领的人背着沉重的鞍袋，从树林中走来，一直来到那块大石头面前，口中念道："芝麻开门！"话音刚落，这块大石头突然裂开，露出一条宽阔的道路，强盗们便鱼贯而入。首领走在最后面。而首领刚刚走进洞内，那道大门就自动关上了。

由于石洞里面有强盗，阿里巴巴只敢躲在树上悄悄地窥探，不敢从树上下来，生怕他们突然从洞里出来，自己就会落入他们的手中，还可能会被杀害。不一会儿，山洞的门又打开了，强盗首领首先走出洞口。他站在石门前面，开始清点他的部下，见人已经全部出来了，就开始念咒语："芝麻关门！"他的话音刚落下，洞门便自动关闭了。

首领清点、检查完之后，没有发现什么问题，部下们就各自来到自己的马前，提着空鞍袋翻身上马，跟着他们的首领，扬长而去。

阿里巴巴躲在树上认真地观察他们，直到他们走得无影无踪之后，才从树上下来。

阿里巴巴暗自想道："我要先试验一下这句咒语有没有用，看看我能不能打开这个洞门。"于是，他大声地喊："芝麻开门！"话音刚落，洞门就奇迹般地打开了。

他小心翼翼地走进去一看，里面是一个有穹顶的大洞，光线从穹顶透进来，就像点着很多盏灯一样。他原本以为这是强盗们的洞穴，里面除了一片阴暗之外，不会再有其他东西。然而事实完全不像他所想的那样，洞中到处堆满了财

物，多得让人目瞪口呆。一堆堆的锦缎、丝绸和绣花的衣服，一堆堆彩色的华丽毡毯，还有多得数不清的金币、银币，有的在地上散堆着，还有的盛在皮袋中。阿里巴巴确信，这么多的金银财宝肯定是强盗们经过数代的经营、掠夺才积累起来的。

阿里巴巴走入山洞之后，洞门又自动关闭起来。他丝毫不担心，因为他已经掌握了开启石门的方法，不怕出不了山洞。他对洞里的布匹锦缎并没有多大兴趣，他现在迫切需要金钱。考虑到三头毛驴的实际运载能力，他打算只拿几袋金币，捆在干柴里面，让驴子运走。这样，人们就看不见钱袋，以为他只是一个靠砍柴度日的樵夫了。

阿里巴巴赶忙收集了几袋金币，并且把它们带出洞外，然后又说道："芝麻关门！"洞门随即应声关闭。

阿里巴巴让毛驴驮着几袋金币，赶着毛驴飞快地返回城中。一回到家，他就急忙解下驮子，松开柴捆，把装满了金币的袋子全都搬进房内，摆在老婆面前。他的老婆看见袋中装满了金币，以为是阿里巴巴抢劫别人得来的，所以就破口大骂，责怪他不该为了钱去做坏事。

"难道我是强盗吗？我的品行你是知道的。我从来不做坏事。"阿里巴巴辩解了几句，就把他在山中的遭遇和金币的来由告诉了老婆，还把金币全倒了出来，堆在她的面前。

阿里巴巴的老婆听了他的话，惊喜万分，这些金光闪闪的金币让她眼花缭乱。她连忙坐下来数那些金币。阿里巴巴说："你这么数下去，要数到什么时候才能数完呢？要是

名师点评

阿里巴巴看到一堆堆的财物后，并没有忘乎所以，他考虑得很充分，做起事也有条不紊。

词语在线

眼花缭乱：眼睛看见复杂纷繁的东西而感到迷乱。

有人刚好闯进来看见这种情况，那可就糟了。这样，我们先找一个地方把这些金币藏起来吧。"

"好吧，就这么干。但是我还是要大概量一量这几袋金币到底有多少，心里也好有个数。"

"这是一件值得高兴的事情，但是你千万要注意，不能对任何人说，否则会给我们引来麻烦的。"

阿里巴巴的老婆急忙来到戈西姆的家中借量器。戈西姆刚好不在家，她就对戈西姆的老婆说："嫂嫂，能否把你家的量器借给我用一下？"

"行啊，你要借哪一种量器呢？"

"借给我小升的就行了。"

"你稍等一下，我这就去拿来。"戈西姆的老婆答应了。

戈西姆的老婆好奇心特别重，很想知道阿里巴巴的老婆借量器去量什么，她就在量器的底盘内粘上了一点儿蜂蜜，这样无论量的是什么，总会有一点儿粘在蜂蜜上。她总是想方设法来满足自己的种种好奇心。

阿里巴巴的老婆不知道底盘上粘了蜂蜜，她拿着量器急忙赶回家中，马上开始量起金币来。

阿里巴巴正在挖地洞，等他的老婆把金币量完，他也把地洞挖好了，两人就一起动手把金币全都搬进了地洞里，结结实实地盖上土，埋藏得很好。

量器底的蜂蜜上还粘着一枚小金币，但他们根本没有察觉。于是当阿里巴巴的老婆把量器还给她嫂子时，戈西姆的老婆立刻发现了那枚粘在量器底的金币。顿起忌妒之心，她惊讶地想着："哎呀！原来他们是借我的量器去量金币啊！阿里巴巴是一个穷光蛋，怎么会有那么多的金币要量呢？这其中一定有什么不可告人的秘密。"

戈西姆的老婆百思不得其解。等到日暮时分戈西姆出游归来时，她迫不及待地上前对他说："你这个人一向都以为自己是大商人，是这里最有钱的人。现在你来看一看，你的兄弟阿里巴巴表面上一贫如洗，可是私底下却富得同王公贵族一样。我敢说他的财富一定比你的多，他拥有的金币已经多到需要用量器去量的程度了。而你的那些金币，只要过目一瞧，就能知道有多少。"

"你是怎么知道的？"戈西姆将信将疑地问。

戈西姆的老婆就把阿里巴巴的老婆来向她借量器以及自己发现有一枚金币粘在量器底的事情全都说了一遍，还拿出那枚金币给他看，金币上还铸有古帝王的姓名、年号等标识。

戈西姆听说这件事之后，感到很惊奇，他很羡慕自己的弟弟，对这事也感到怀疑。这一夜，他辗转难眠，贪婪的念头紧紧地缠绕着他。次日天刚亮他就起床了，并马上去找阿里巴巴，说："兄弟啊，你表面上装出一副很穷很可怜的样子，原来你是真人不露相！我知道你一定藏了难以计数的金币，已经多到需要用量器量的地步了。"

"你能不能把话说清楚？我根本不知道你在说什么。"

"你别给我装糊涂，你一定很清楚我在说什么！"戈西姆非常生气地把那枚金币拿出来给他看，并说，"你有成千上万个这样的金币，这枚金币是你在用量器时，粘在量器底被我老婆发现的。"

阿里巴巴恍然大悟，原来戈西姆和他老婆知道了这件事情，看来没有办法再掩盖秘密了。既然这样，他就索性将事情和盘托出，把偶然发现强盗们将财宝藏在山洞中的事情毫无保留地告诉了他的哥哥。

戈西姆听后，声色俱厉地对弟弟说："你必须把你所见到的一切都告诉我，尤其是那个藏满金币的山洞的地址，还有那两句开关洞门的咒语。现在我警告你，你要是不肯把这一切告诉我，我就到官府去告发你，他们会把你的金币全部没收，还要抓你去坐牢，你就会人财两空。"

阿里巴巴在哥哥的威胁下，就把山洞的地点和开关洞门的咒语一字不漏地告诉了他。戈西姆认真地听着，把一切细节都暗暗地记在心里。

第二天清早，戈西姆赶着十匹骡子来到山中。他按照阿里巴巴所说的，很快就找到阿里巴巴曾经藏身的那棵大树，并顺利找到了那个神秘的洞口。戈西姆所见到的情景和阿里巴巴所说的相差不远，他知道自己已经到了目的地，就高声喊道："芝麻开门！"

戈西姆的喊声刚停，洞门立刻打开了，戈西姆快速走入山洞。才刚站定，洞门就自动关闭起来。他没有在意门已经关起来，因为他的注意力早就被堆积如山的金银财宝给吸引住了。面对如此多的金银财宝，他心中一阵狂喜，急忙动手收集金币，把它们一一装进袋中，再把这些袋子全都

📝 **名师点评**

为了获得强盗的钱财，戈西姆竟用告发来威胁阿里巴巴，由此可以看出戈西姆的贪婪和卑鄙。

挪到门口，准备搬运到洞外，驮回家里去。当一切都准备妥当后，他来到那扇紧闭的洞门前，由于他过于兴奋，竟然忘记了那句开门的咒语，嘴里喊道："大麦开门！"可是洞门依然紧闭。这下子，他可慌了神，连忙喊出各种豆麦谷物的名称，却怎么也想不起"芝麻"这个名称来。他感到恐惧，开始坐立不安，在洞中不停地打转，对那些预备带走的金币也不感兴趣了。

✎ 名师点评

在生命受到威胁的情况下，连戈西姆这样贪婪的人都对金钱失去了兴趣，可见比起生命，财产真的不值一提。

到了半夜，强盗们抢劫归来，在月光的照射下，大老远就看见成群的牲口停在洞口前，他们感到很奇怪：这些牲口为什么会到这里来？

强盗首领带领部下来到山洞前，大家全都下了马，说了那句开门咒语，洞门便应声而开。戈西姆想在洞门打开的时候猛冲出去，却被愤怒的强盗首领一剑刺死了。强盗们把已经被移到门口的金币一袋袋放回原来的地方，并仔细清点了所有的财宝。洞里的财宝太多了，强盗们根本没有发现那些被阿里巴巴带走的金币，可是外人竟然能闯进这个山洞，这让他们感到震惊，也很困惑。因为这个地方隐蔽难找，人们很难来到这里，更何况不知道开关洞门的咒语，谁也不可能闯进洞来。

想到这里，他们非常愤怒，就把怒气全都发泄在了戈西姆身上。强盗们将戈西姆的尸体挂在门内，以此警告别人，让敢来这里的人知道会有什么下场。强盗们做完这一切，就走出洞，关好洞门，赶着戈西姆的十匹骡子找地方卖去了。

这天晚上，戈西姆没有回来，他的老婆<u>如坐针毡</u>（zhān），心烦意乱地熬到天亮，便急忙跑到阿里巴巴的家里，恳求他快点儿去寻找他的哥哥。阿里巴巴安慰了嫂子一番，就赶着他的三头毛驴，朝着山洞走去。他来到洞口附近，一眼就看到地上血迹斑斑，他的哥哥和那十匹骡子全不见踪影，显然是凶多吉少了。这样想着，他感到不寒而栗，战战兢兢地走到洞口，说了声："芝麻开门！"洞门应声而开。

他急忙跨进洞内，一进门就看见了戈西姆的尸体。阿里巴巴既惊恐又悲痛，他将哥哥的尸首装进袋子里，用一头毛驴驮着，接着又装了几袋金币，用柴火掩盖好，绑成两个驮子的形状，用另外两头毛驴来驮运。当一切都做好以后，他念着咒语关上洞门，赶着毛驴匆忙下山了。他克制住紧张、悲痛的心情，集中注意力把尸首和金币都平安地运回家中。

回到家后，他把那两头驮着金币的毛驴牵到自己家中，吩咐老婆把金币藏好，关于戈西姆已死的事情，他却没有提起。接着他把驮运尸首的那头毛驴牵到戈西姆家。戈西姆的侍女马尔基娜来给他开了门，阿里巴巴把毛驴牵进庭院。

阿里巴巴把戈西姆的尸首从驴背上卸下来，对侍女说道："马尔基娜，给你家老爷好好地准备后事吧。我先去把这件事情告诉嫂子，然后再来帮你的忙。"戈西姆的老婆透过窗户看见阿里巴巴回来了，就说："阿里巴巴，怎么样了？有没有看到你哥哥？看你愁眉苦脸、心事重重的样子，难道他真的遇难了？"

词语在线

如坐针毡：像坐在有针的毡子上一样，形容心神不宁。

阿里巴巴就把戈西姆遇难以及把他的尸首偷偷驮回来的经过全都对嫂子说了一遍，之后又说道："嫂子，事情已经这样，没有办法再改变了。这件事情的确很让人伤心，但是我们要引以为戒，坚决保守这个秘密，否则，我们的性命都将难以保全啊。"

戈西姆的老婆知道丈夫已经不在人世，如今埋怨也于事无补，她满脸泪痕地对阿里巴巴说："我丈夫的死也是早已注定的，我现在只能认命。为了我的将来和你的安全着想，我一定会为你严格保守这个秘密，决不会向别人透露半点儿消息。"

"你现在先安心去休息吧。等过了丧期，我会供养你的后半生。"

"既然你觉得这样做比较妥当，那么就照你的意思去办吧。"她说完又忍不住悲伤地痛哭起来。

阿里巴巴为哥哥的死感到非常伤心，他离开嫂嫂之后就来到侍女马尔基娜的身边，和她一起料理哥哥的后事。葬礼结束之后，阿里巴巴和妻子搬到了戈西姆家的大院子中，开始了平静的生活。

当强盗们回到洞中的时候，发现戈西姆的尸体已经不见了，仔细查看之下发现几袋金币也不见了，他们感到十分诧异。首领说："这件事情一定要彻底调查清楚，不然，我们长年累月积攒下来的财富会被偷光的。"

强盗们听了首领的这番话，觉得事不宜迟，因为除了那个已死的人知道开关洞门的咒语，那个把尸首搬走并盗窃金币的人，也一定知道咒语。所以他们必须**当机立断**地去追查这件事，只有查出那个人，才能避免他们的财物继续被盗。他们做了一个周密的计划，决定派出一个机警的人伪装成外地商人，到城中的大街小巷去探听。打探清楚最近谁家有人死了，这些人住在哪里，这样就可以找到线索，并能很快找到他们想要捉拿的人。

"让我进城去打探消息吧。"一个强盗自告奋勇地对首领说，"我很快就会把情况都打听清楚。"

首领答应了这个强盗，让他前去打探。这个强盗化了装后，当天夜里就进城去了。城里最近办丧事的人家并不多，这个狡猾的强盗又打听到戈西姆之死有些蹊跷，很快确认了被杀的人就是戈西姆，于是在他家的大门上用白粉做了一个记号，就连忙赶回山洞，去向首领报告这个消息。

这天，马尔基娜要外出办事。刚跨出大门，她就看见门上有一个白色的记号，不禁大吃一惊。她沉思了一会儿，料想这一定是有人故意在门上做的识别标记，究竟用意何在，目前还不清楚，但是如此偷偷摸摸、不声不响的，肯定不会是什么好事。<u>于是她立刻用粉笔在所有邻居的大门上都画上同样的记号。</u>她还严守这个秘密，对谁也没有说起，连主人也不知道这件事。

强盗回到山中，把自己探听到的结果全部向首领和伙伴们说了。首领便带着其他强盗来到城中，打算对盗窃财物的人实施报复。那个之前在阿里巴巴家大门上留下记号的强盗带着首领来到了阿里巴巴家附近，对首领说："我们一直要找的人就住在这附近。"

首领先看了看其中一座房子，再往四下里一看，发现

名师点评

马尔基娜看出了这个记号的异样，并立刻想出了很好的对策，体现了她的聪慧和沉着冷静。我们也要像马尔基娜那样，遇事能够冷静分析并积极思考对策。

每家大门上竟然都画着同样的白色记号，觉得非常奇怪，就问道："我看这里每一家的大门上都画着同样的记号，我们要找的到底是哪家呢？"

带路的强盗也糊涂起来，不知道该怎么办，他们只好返回。首领叹息道："看来只有我亲自出马，才能办好这件事。"主意已定，他就单枪匹马去了。他根据上次来打探的属下提供的一些信息，终于确定了戈西姆的家，这次他没有留下任何记号，只是把那座住宅的外形和四周的景物全都记在了心里，随后就返回山洞，对手下们说："那个地点我已经记在心里了，下次再去寻找就相当容易了。现在你们去给我买一大罐菜油和二十匹骡子，还要形状和体积都一样的大瓦罐四十个。然后把这些瓦罐都绑在骡子上，其中一个罐里放上菜油，你们都躲进另外的罐中，让这二十匹骡子驮着，每匹骡子驮两个瓦罐。我就扮成卖油的商人，天黑时就到那个坏蛋家门口，请求他让我在他家住上一晚。到了晚上我们再动手，把他给杀了，将被盗窃的财物全都夺回来。"

他的方案得到了强盗们的拥护，一个个高兴地去买菜油、骡子和瓦罐等物品。他们奔波了三天之后，把所需要的物品全部备齐了，还在瓦罐的外面涂上了一层油脂。他们在首领的指挥下，将一个瓦罐灌满菜油，其他强盗全副武装地分别藏在剩下的三十九个瓦罐中，用了二十匹骡子来驮运。强盗首领则扮成商人的模样，赶着一群骡子，大模大样地把油运进城里，天黑时，他们正好赶到阿里巴巴家的大门外。阿里巴巴刚刚吃过晚饭，正在屋前散步。首领连

词语在线

大模大样：形容傲慢、满不在乎的样子。

忙上前向他请安问好，对他说道："我是进城来卖油的外地人，经常来这里做生意。今天因为太晚了，我实在找不到合适的地方住，请您发发慈悲，让我在您的家中暂住一晚吧，减轻一下这些牲口的负担，还要麻烦您为这些牲口添些饲料。"

阿里巴巴虽然曾经见过强盗首领的面容，但是他这回伪装得非常巧妙，加上天又黑了，一时间竟没有把他认出来，所以就答应了强盗首领的请求，给他安排了一间闲置的柴房用来堆放货物和安顿牲口，又去吩咐侍女马尔基娜说："家里面来了客人，你去预备些水和饲料喂牲口，然后再给客人做点儿晚饭，把床铺好，让他在这里住一夜。"

首领将驮子卸下来，全都搬到柴房中，又去给牲口拿饲料和水。阿里巴巴把马尔基娜叫来，吩咐她说："你好好招待客人，不可大意，尽量满足客人的需求。明天早上我要上澡堂沐浴，你去预备一身干净的白衣服，以便我沐浴之后穿。另外，我回来前要为我准备好一锅肉汤。"

"知道了，一切都按老爷的话去做。"

阿里巴巴说完就进寝室休息了。强盗首领吃了晚饭，就上柴房照料那些牲口。此时夜深人静，阿里巴巴全家都已经歇息了，强盗首领就压低嗓音，对躲在罐中的手下们说："今晚半夜，你们听到我的信号之后就马上出来。"首领交代完就走出了柴房，在马尔基娜的引领之下来到早已为他准备好的寝室里。

马尔基娜把手中的油灯放下，说道："您还需要些什么，请吩咐一声吧。"

✎ 名师点评

从这里可以看出，虽然此时阿里巴巴已经非常富裕，但是他的善良、热情却没变。

"谢谢，真的不需要什么了。"首领回答说。马尔基娜走后，他才熄灯上床休息。

马尔基娜听从主人的吩咐，拿出一套干净的白色衣服，又去给主人煮了一锅肉汤。过了一会儿，她想看看锅里的肉汤做得怎么样了，但是油灯没油，灭了，一时又找不到油来添。她想到柴房里面有商人的菜油，决定取些来用，给商人一些钱就好了。马尔基娜拿着油壶来到柴房，看见成排的油罐，于是向第一个油罐走去。这时躲在罐中的匪徒听到有脚步声靠近，以为是首领来找他们了，便轻声问："是时候动手了吗？"

马尔基娜听见瓦罐中突然有人说话，吓得往后退了一步，但她本来就是一个机智、勇敢的姑娘，当即模仿男人的声音回答道："还没到时候呢。"她暗暗思忖道："原来这些罐中装的都是人，而不是什么菜油。看来这个贩油的商人肯定在打什么坏主意。不知道他要做些什么坏事呢！"她走到第二个瓦罐前，刻意压低嗓音说道："现在还不到动手的时候呢。"

她就这样一个挨一个地对这些瓦罐说着同一句话，心中想道："这个自称油贩的商人，一定就是这伙人的首领，他们这时候正等着他的命令。"这时她已走到最后一个瓦罐前，发现这个瓦罐里装的全是菜油，于是灌满了一壶，回到厨房，给油灯添上油。之后，马尔基娜再次来到柴房，从那个菜油罐中舀出一大锅菜油，一回到厨房就架起柴火，将油烧开，再拿到柴房中，依次往每个罐里浇进一瓢滚烫的油。躲藏在罐中的强盗还不明白是怎么回事，就都被烫死了。

马尔基娜凭着过人的智慧把这一切悄悄地做完了，屋里的人都睡得正香，根本没有人知道。她高兴地回到厨房，关起门来，继续给阿里巴巴煮汤。

大约一个小时之后，强盗首领睡醒一觉起来，他打开房间里的窗户，看见室外一片漆黑，四周寂静无声，就拍手发出暗号，叫手下们立刻出来行动。可是四周一点儿动静也没有。过了一会儿，他又拍了一次手，还出声呼唤他们，但仍然没有得到回应。在第三次拍手和呼唤都没有得到回应之后，他开始慌了，就赶忙冲出卧室，直奔柴房。此时，他心想："这些懒虫大概都睡熟了，我要立刻叫醒他们，必须赶快行动才行，不然就来不及了。"

词语在线

懒虫：懒惰的人（骂人或含诙谐意味的话）。

当他走到第一个瓦罐前面时，他闻到了一股刺鼻的油味，心里吃惊不已。他伸手进去一摸，还烫手。他一个一个检查，发现所有的瓦罐全都如此。这时，他终于反应过来他们已经死了，于是开始担心起自己的安全来。他不敢再回寝室，只好翻墙跳进后花园，逃之夭夭了。

马尔基娜把自己关在厨房里，暗中观察着强盗首领的动静，没见他从柴房里出来，想是翻墙逃出去了，因为大门用两把锁紧紧锁着，根本打不开。不过想到其他强盗都已经死了，马尔基娜就安心地去睡觉了。

还有两个小时天才亮，阿里巴巴已起床走进澡堂沐浴。昨晚家中所发生的危险他完全不知道，机智的马尔基娜没有告诉他，她也没想到事情这么容易就应付过去了。她认为如果先去向主人报告她的行动计划，然后再动手，很可能就失去了先下手为强的机会，容易受制于强盗。阿里巴

名师点评

以当时的情况来看，多耽误一会儿就多一分危险，所以马尔基娜的想法是正确的。

75

巴从澡堂回来的时候已经日上三竿了，他看见瓦罐还原封不动地放在柴房中，感到很奇怪，就嘀咕道："这个卖油商是怎么搞的，这个时候了还不把油驮到集市上去卖！"

马尔基娜说："老爷啊，那个留宿的商人企图作恶，昨晚的事情，我会慢慢讲给你听。"她带着阿里巴巴走进柴房，关上房门，指着一个瓦罐道："老爷请自己看看吧，里面装的究竟是油还是别的东西。"

阿里巴巴将瓦罐打开一看，里面竟然躺着一个男人，他吓得转身就想跑。马尔基娜立即安慰他道："别害怕！这个人现在已经不可能再伤害你了，他已经死了。"

阿里巴巴这才安心下来，说："马尔基娜，咱们不久前才遭了大祸，刚刚安定下来，这个卑鄙的家伙怎么会来找我们的麻烦呢？"

"我会将事情的经过详细地报告给老爷的，可是咱们要小声说话，以免被邻居听到，不然会给咱们带来不必要的麻烦。现在就请老爷好好查看这些瓦罐里的东西，从头至尾一个一个地看吧。"

阿里巴巴就依次看了一遍，发现每个大瓦罐中都藏着一个全副武装的男人，幸好他们全都被沸油给烫死了。他吓得像哑巴一样说不出话来了。过了一会儿，他才渐渐恢复常态，然后问马尔基娜："那个贩油的商人哪里去了？"

✎词语在线

甜言蜜语：为了讨人喜欢或哄骗人而说的好听的话。

"老爷，那个贩油的商人其实不是什么生意人，他是一个四处为非作歹的强盗首领。他对你说话时满口的甜言蜜语，而骨子里却想着要你的命。我会把他的所作所为全都详细地说给你听的，老爷刚从澡堂回来，还是先喝点儿肉汤再说吧。"

她把阿里巴巴送回屋里，然后将食物送上。阿里巴巴一边喝肉汤，一边对马尔基娜说："我迫切地想知道这件事情的始末，你赶紧说吧，不要让我一直蒙在鼓里。知道之后，我的心才会安定下来。"

马尔基娜就把昨晚以及前几天发生的事情一五一十地对阿里巴巴叙述了一遍，最后说："这便是事情的全部经过。我们要提防这个强盗首领才行，他一定不会善罢甘休的。"

阿里巴巴听了，心里感到很安慰，说道："对于你的做法，我非常满意，你的勇敢、果断，我这一辈子也不可能忘记。快告诉我吧，你要什么赏赐？"

"这都是我应尽的义务。目前最要紧的是赶快把那些死人埋掉，而且不能把秘密泄露出去。"

阿里巴巴听从了马尔基娜的建议，亲自在后花园的一棵大树旁挖了一个大土坑，将尸体上的武器全都卸下来，把三十九具尸体全都掩埋起来，随后把地面处理得和先前一样平整，还藏起了瓦罐和其他东西。之后，马尔基娜再每次牵两匹骡子到集市上卖掉。这件事情算是处理妥当了，可阿里巴巴并没有因此就安下心来，因为匪首如今还活着，他一定会来报复的，所以阿里巴巴依然非常谨慎。对消灭强盗的过程和从山洞中拿走金币的情况，他一直守口如瓶，从不向别人透露。

话说强盗首领从阿里巴巴家里狼狈逃走以后，就悄悄地回到了山洞。想到损失的人马和财物，以及洞中那些最终将被偷走的金银财宝，他就忍不住怒火中烧。他认为只有将

名师点评

这里再次显示出了马尔基娜果断、镇定、临危不惧和思虑周全的性格。

词语在线

怒火中烧：怒火在心中燃烧，形容愤怒的情绪非常强烈。

阿里巴巴杀掉才能解心头之恨，于是决定一个人往城里去，以经商为幌子，在城里找地方先住下，寻找机会杀掉阿里巴巴。然后再招兵买马，另起炉灶，继续过劫掠的生活，这样才能把祖传的杀人越货的勾当"传承"下去。

第二天，天刚亮他就起床了，他仍然像上次那样，先将自己乔装打扮一番，随后进城在集市上租下一间铺子，把山洞中上好的货物搬进铺子摆放起来。从此他便待在他的铺子里，改名为哈桑，装模作样地做起生意来。

说来也巧，强盗首领铺子对面就是已故的戈西姆的铺子，现在由他的大儿子，也就是阿里巴巴的侄子经营。强盗首领用哈桑的名字到处活动，没多久就和附近各个铺子的老板混熟了。他待人接物大方、谦恭，对戈西姆的儿子特别亲热，常常和这个服装整齐、英俊的年轻人套近乎，他们经常聚在一起聊天，一坐就是好几个小时。

这一天，阿里巴巴走进铺子去看望侄子，刚好被对面的强盗首领看见了，强盗首领一看见阿里巴巴就认出了他。强盗首领殷勤地找小伙子打听阿里巴巴的事情："告诉我，之前来你铺子中的客人是谁呀？"

"他是我的叔父。"

从那以后，匪首对阿里巴巴的侄子比以前更热情了，还给了他很多好处，表面上看起来可亲可敬，暗地里却在实施他的阴谋诡计。

又过了一段时间，阿里巴巴的侄子觉得应该礼尚往来，就想邀请哈桑吃顿饭，可是自己的住处有点儿狭小，不方便接待客人，而且哈桑是一个讲排场的人，宴客一定不能太寒酸，于是他就向叔父阿里巴巴请教。

阿里巴巴对侄子说道："孩子，你这么想是对的，的确应该请那个朋友来做客。明天刚好是休息日，你带他来我这儿。我会让马尔基娜好好准备一桌丰盛的筵席来款待你们，你不必操心，一切就交给我好了。"

第二天，阿里巴巴的侄子按照叔父的话，带着哈桑走进阿里巴巴住宅所在的那条胡同，一直来到叔父家的门前。强盗首领心里暗自欢喜，有了这种机会，报仇的愿望很快就能实现了。阿里巴巴的侄子上前叫门，主人阿里巴巴谦恭有礼地前来迎接并问候哈桑："欢迎！欢迎！您平时照顾我的侄子，像一位父亲那样关心爱护他，我真是感激不尽。"

"您的侄子是一个不错的小伙子，他的言谈举止让我印象深刻，我非常喜欢他。他年纪虽小，但是天赋好，聪明过人，一定前途无量。"哈桑说了一大堆恭维应酬的话。就这样，主人和客人开始攀谈起来，语言客气又亲切，宾主相处得十分融洽。不多久，阿里巴巴走进厨房，吩咐厨师准备筵席。

马尔基娜正在做饭，准备就绪后，就到前厅摆放桌椅，她看到哈桑第一眼就认出了他，尽管他已经扮成了外地商人的模样。马尔基娜仔细打量他时，发现他的外衣下面藏着一把短剑。原来是这样！她忍不住在心里嘀咕："这个恶棍是在寻找机会谋害我的主人！我一定要先发制人，在他露出真面目之前就将他除掉。"

马尔基娜取来一张白桌布铺在餐桌上，把饭菜都端上来，主人就开始陪同客人吃喝。强盗首领一边吃，一边盘算

✏ **名师点评**

从这里可以看出阿里巴巴对侄子非常照顾，但这也让强盗首领有了可乘之机。

✏ **词语在线**

先发制人：先动手以制伏对方；先于对手采取行动以获得主动。

着什么时候动手。马尔基娜暗中留意强盗首领的一举一动，知道已经刻不容缓了。于是她立即回房间，换上一套舞衣，头上缠一块色彩鲜艳的头巾，脸上罩一块价格昂贵的面纱，腰上束一根织锦腰带，腰带下面偷偷挂着一把柄上镶有珠宝的匕首。打扮好之后，她迅速来到客厅，此时匪首吃得正欢，还没有动手。于是，马尔基娜就对着客人翩翩起舞。阿里巴巴很高兴，吩咐说："你就随意歌舞吧，最好再表演一些更精彩的节目，好让客人尽兴。"

"真的太感谢您了，我的主人！您如此热情，我真的太高兴了。"哈桑说。

马尔基娜越跳越起劲儿，主人和客人都感到很欢乐。他们正看得专注，马尔基娜却停止旋转，一只手悄悄握住腰间的匕首，另一只手伸到阿里巴巴面前。按照喜庆场合的惯例，这是向在座的人讨赏钱。阿里巴巴在她手中放了一枚金币，他的侄子也放了一枚金币。哈桑看到马尔基娜边舞边靠近时，正要给赏钱，马尔基娜鼓起勇气，猛然间取出匕首刺进了哈桑的心脏，一下子就取了他的性命。

阿里巴巴大吃一惊，叫道："你这是干什么？你是要毁了我的一生！"

词语在线

理直气壮：理由充分，因而说话做事有气势或心里无愧，无所畏惧。

"事情不是你想的那样，"马尔基娜理直气壮地说，"主人，我是为了救你才刺死这个坏家伙的。你如果不相信，就去解开他的外衣，你就会知道我说得对不对了。"

阿里巴巴连忙上前解开客人的外衣，发现他竟然贴身带着一把短剑，阿里巴巴顿时胆战心惊，也无话可说了。

"我的主人，这个伪装的家伙就是你的死敌，"马尔基娜说，"你仔细看看，他就是那个卖油的商人，那个强盗头子。我看到他的第一眼，就知道他不怀好意，存心想害你。现在已经证明，我的猜想是完全正确的。"

阿里巴巴感到万分惊诧，非常感谢马尔基娜再次的救命之恩，并且要重重地赏赐她，他说："你已经救了我两次，我一定要报答你。"于是他指着马尔基娜的脖子说："现在我要让你恢复自由，从此以后你是一个自由民。如果你愿意的话，我可以为你主持婚事，将你许配给我的侄子，让你们成为一对恩爱夫妻，你们也会成为我财产的继承人。"

马尔基娜和阿里巴巴的侄子欣然接受了阿里巴巴的建议，阿里巴巴心里非常高兴。于是，阿里巴巴带着侄子、马尔基娜，趁着天黑，小心地把匪首的尸体挪到后花园，挖了个地洞埋起来。事后，他们都守口如瓶，没有让外人知道这件事。

阿里巴巴和家里人精心准备之后，选定了吉日，为侄子和马尔基娜举行了非常隆重的婚礼，他们大摆筵席以盛宴宾客。亲戚、朋友和邻居们纷纷前来祝福，场面空前热闹。阿里巴巴彻底消除了祸患，从此以后，他安心地经营生意，过着富足的生活。

后来阿里巴巴把山中那座宝库的秘密告诉了他的儿子、侄子和孙子们，并教会他们开启和关闭洞门的方法。他还把山洞里的财宝分给穷人们，让人们都过上了幸福的生活。从此以后，他和他的子孙们世代都过着幸福、安稳的生活。

名师点评

面对再次救了自己的马尔基娜，阿里巴巴选择了最合适的报答方式——还给她自由并促成了她的婚姻。

品读赏析

原本穷困潦倒的阿里巴巴，意外发现了大笔财富，却被一群强盗盯上了。在机智的女仆马尔基娜的帮助下，阿里巴巴最终战胜了强盗。本篇故事高度赞扬了劳动人民善良、忠诚、勇敢、善于斗争的优良品质。故事情节紧凑，人物形象鲜明，有着很强的艺术魅力。

写作积累 XIEZUO JILEI

清苦　鱼贯而入　眼花缭乱　一贫如洗　如坐针毡　当机立断　全副武装　大模大样　原封不动　甜言蜜语　守口如瓶　怒火中烧　待人接物　先发制人　理直气壮

·一堆堆的锦缎、丝绸和绣花的衣服，一堆堆彩色的华丽毡毯，还有多得数不清的金币、银币，有的在地上散堆着，还有的盛在皮袋中。

·他感到恐惧，开始坐立不安，在洞中不停地打转，对那些预备带走的金币也不感兴趣了。

·这个恶棍是在寻找机会谋害我的主人！我一定要先发制人，在他露出真面目之前就将他除掉。

思考练习

1.阿里巴巴是如何发现四十大盗的财宝的？

2.马尔基娜是怎样数次救了自己的主人的？

3.阿里巴巴和马尔基娜各自有怎样的优点？

辛巴达历险记

这是一个选自《一千零一夜》的著名民间传说。航海家辛巴达向脚夫辛巴达讲述了自己的七次航海经历，他的每一次探险都无比刺激和新奇，同时也困难重重。那么，辛巴达在航海旅途中都经历了哪些精彩事件呢？他又是怎样渡过难关的呢？

很久以前，在巴格达城有一个叫辛巴达的脚夫，他很穷，靠给别人搬运货物过日子。有一天，天气非常闷热，他挑着担子路过一家富商门前时，发现这里非常凉快，于是就放下担子，坐在门外宽敞、干净的石阶上休息。

辛巴达刚坐下，就闻到屋里散发出一阵芬芳的气味，并听到一阵阵悦耳、优美的丝竹管弦声和婉转悠扬的歌声。他情不自禁地站起身来，悄悄走到门前，从门缝向里面看。他看到了一个富丽堂皇的庭院，里面仆婢成群。这时，屋里又飘出一阵美味佳肴的香味，馋得他不停地咽口水。他抬起头望了望天空，深深地感叹自己的不幸和命运的不公，并

词语在线

情不自禁：抑制不住自己的感情。

吟唱了一首诗:

　　　　"可怜之人何其多，无处立足，寄人篱下。
　　　　我出卖力气，疲倦万分，重担却有增无减。
　　　　不曾享乐，远离幸福。
　　　　人与人的鸿沟为何如此巨大？
　　　　公正的上天啊，可否为我解答？"

　　吟唱完毕后，脚夫辛巴达正要挑起沉重的担子离开，突然从院里走出一个年轻仆人对辛巴达说:"请等一下，我们主人请你到屋里坐一坐。请随我进来吧!"

　　辛巴达本想拒绝，但想了想还是放下担子，随仆人走了进去。

　　只见这座房子高大宏伟、无比华丽，屋内坐着的好像都是些王公贵族，席间摆放着各种各样的奇珍异果和山珍海味，下面坐着些手持乐器、纵情地吹拉弹唱的乐师。坐在首席的是一位两鬓斑白的老人，他神情庄重，有一种尊贵的风范。

　　脚夫辛巴达被眼前的场面惊呆了，心里惶恐不安地想:这一定是一座乐园，要不就是帝王的宫殿。他礼貌地问候了他们，然后谦逊地低头站在一旁。

词语在线

谦逊:谦虚恭谨。

　　主人请他坐在自己身边，亲切地和他谈话，盛情地款待他。辛巴达吃饱之后，恭敬地感谢了主人。

　　主人问:"你叫什么名字？是干什么的？"

　　"我叫辛巴达，是一名脚夫。"

　　主人听了，微笑着说:"我们两人正好同名，我也叫辛巴达，是个航海家。刚才你在门前吟唱的那首诗，请你再给我吟唱一遍，好吗？"

脚夫辛巴达听后，难为情地说："请您原谅，我只是一时疲惫不堪，才胡乱说了几句。"

"不要害怕，我已把你视为我的兄弟了，请你再吟唱一遍吧，我对你刚才吟唱的内容非常感兴趣。"

脚夫辛巴达没有办法，只好把刚才的诗重新吟唱了一遍。主人听完后被深深地打动了，于是对他说："兄弟，我经历了无数惊险和艰辛，才有了今天的地位和财富。我曾经有过七次航海旅行，每一次都是惊心动魄、令人难以想象的。也许，在我一生中发生的一切都是上天注定的。"然后，航海家辛巴达便对脚夫辛巴达和在座的客人讲起了自己的航海经历。

第一次航海历险

我的父亲是一个商人，他拥有万贯家财，同时他也是当地首屈一指的慈善家，经常帮助别人。在我很小的时候父亲就去世了，但他给我留了很多财产。我长大后，便开始自己管理这笔财产，过着享乐的生活。我吃山珍海味，穿绫罗绸缎，结交狐朋狗友，挥金如土，浪费无度。在我看来，这些财产足够我用一辈子。可是，后来我才意识到自己的错误，但那个时候的我财产殆尽，眼看就要陷入绝境了。

我将家里仅存的家具、衣物等变卖换了三千枚金币，决心用这些钱进行长途旅行，到远方去做生意。

我准备了一些随身物品，便和几个商人一起到了巴士拉。我们乘船在海上漂来漂去，途中经过了很多岛屿。每到一个地方，我们都会下船去做买卖，并买些日用品。

📝 名师点评

作者在讲述辛巴达的航海故事时，安排事件由主人公亲自讲述，相较于从第三人称角度来叙述更具真实性。

有一次，我们经过一个景色非常优美的小岛，船长刚在岸边停了船，船上的乘客们便迫不及待地纷纷到小岛上去了。他们有的在烧火煮饭，忙得不亦乐乎；有的在欣赏岛上的风景，似乎已经陶醉其中……所有人都在享受自己的乐趣。正在这时，船长忽然大喊："旅客们，快回到船上来。这不是一个岛，而是一条漂在海面上的巨大的鱼。因为浮在海面太久，它身上堆满了沙土，甚至长出了草木，形成了岛屿的样子。你们在它身上做饭，它感觉到热，已经活动起来了。一旦它沉入海底，你们都会没命的。所以，赶快扔掉东西，到船上来！"

大家听到船长的叫喊，纷纷扔掉手里的东西，争先恐后地向船奔去。乘客们有的赶上了船，有的没有赶上，而那条大鱼这时已经晃动起来，接着沉了下去。还在"岛"上的人都淹没在了海里。我没有赶上船，但幸运的是，我发现了身旁漂浮的一块大木板，并迅速抓住了它，然后用尽全身力气爬到了上面。

就这样，我在海上整整漂了一天一夜。第二天，我被海浪推到了一个荒岛上，我挣扎着拽住垂到水面上的树枝，用尽全身力气爬到了岸上。那是一个非常美丽的小岛，我饿了就摘野果来充饥，渴了就用泉水来解渴。就这样，我在那个美丽的小岛上生活了几天，同时身体也得到了恢复。我打算在身体完全养好，能够自由行动后，再计划以后的事。

有一天，当我在海滨散步时，突然看见一匹高大的骏马不知被谁拴在海边一根木桩上。它看到我，长嘶了一声，随即不知从哪里钻出一个人来，他大喝一声，走到我面前，

名师点评

不幸发生了，大部分留在"岛"上的旅客都被大海吞噬了。可见航海旅行充满着意想不到的危险。

问我："喂！你是谁？从哪里来？为什么到这儿来？"

"我是一名旅客，本来是乘船到海外做生意的，途中不幸遇险，海浪把我推到了这座小岛上。"

我的话刚说完，那个人就拉着我，对我说道："跟我来。"

然后我一路跟着他，来到一个地窖。他让我坐下后便给我拿了一些吃的。当时我非常饿，就没有多想，饿虎扑食似的把那些东西吃了个精光，终于饱饱地吃了一顿饭。我吃完之后，他询问了我的出身和经历，我便从头到尾完完整整地把我这些天经历的事都告诉了他。他听了之后非常吃惊。

我对他说："我已经把我所有的事都告诉你了，现在我想知道你的事，你能告诉我吗？"

"我们分散居住在这个小岛的很多地方，任务是养迈赫国王的马。每到月圆之夜，我们就挑出一匹高大健壮的母马拴在海边，吸引海马来交配，过一段时间就会生出杂交的小马。这种杂交马身体强壮，价格昂贵，一匹就可以卖一库银子。现在海马该登陆了。任务完成后，你可以跟我去见我们的迈赫国王，并参观我们的国家。"

我由衷地感谢他、祝福他。就在我们谈话的时候，真的有一匹海马来到了岸上，并跳到了母马面前。交配完后，海马对着母马长嘶一声，想引诱它，让母马跟着它走。幸好母马是拴着的，海马才没有得逞。养马人从地窖里出来，手里拿着宝剑和铁盾，大声通知他的伙伴们："大家快出来吧。"之后，从四面八方跑出来很多人，他们都拿着武器，大声

词语在线

饿虎扑食：形容动作迅速而猛烈。也说饿虎扑羊。

喊叫着，直到强壮的海马被吓跑为止。

过了一小会儿，那些养马人就来到我们面前，而且每人都牵着一匹骏马。他们见到我，都非常友善地跟我打招呼，询问我为什么会来到这个小岛上。我把我这几天发生的事都告诉了他们，他们对我的遭遇深表同情，也给了我一匹马。我骑着这匹马跟在他们后面，最后来到了城里，进了王宫，得到了迈赫国王的盛情款待。国王不停地安慰我，并授予我官职，留我长期住在王宫中。尽管我在这个国家备受恩宠，但是我心系故乡，心里总是憧憬着如果有人到巴格达，我就和他一起回家。

有一天，我跟往常一样在海边工作，查看来往的船只。只见一艘大船正朝着港口方向驶来，船上载满了商人。没过一会儿，船就在岸边停了下来，接着他们把船上的货物全卸了下来，让我登记。我问船长："船上的货物全都在这里了吗？"

"是的，先生，船舱里还有一些货物，但是这些货物属于别人，它们的主人在海上不幸遇难了，所以我们一直帮他保管着这批货物。但是，我们想他的家人现在应该更需要钱，所以计划着把他的这批货物卖掉，把钱带回去给他的家人。"

"那么，这批货的主人叫什么名字？"

"辛巴达，他已经淹死了。"

听他说完之后，我盯着他看了又看，忽然想起他就是那个船长——我遇险前乘坐的那艘船的船长。我把自己的经历跟船长讲了一遍。为了消除他对我的怀疑，我讲得特别具体，甚至连遭难地点、那些货物的种类，还有在旅途中我和船长之间的关系和办理过的手续都告诉了他。听我讲完，船长和商人们都相信了我，恭喜我死里逃生，并立即把那些货物还给了我，上面还有我的名字。我从货箱中拿出了几件最贵重的东西，把它们赠送给了迈赫国王并向他告别，国王也回赠了我许多礼物。

我在这个小岛上卖掉了货物，挣了很多钱，我又用这些钱从这个岛上买了一些土特产，把它们装到了船上。随后，我终于回到了朝思暮想的家乡——巴格达，亲戚朋友知道后，都来看望我。这次出海，我载回很多货物，也算收获颇丰。

这次外出，我挣了很多钱，所以又过上了衣来伸手、饭来张口的生活。

以上发生的事就是我的第一次航行，明天请听我跟你们讲我的第二次航海经历。

接着，航海家辛巴达送给了脚夫辛巴达一百枚金币，并对他说："今天你能来，我非常高兴。"

脚夫辛巴达千恩万谢之后，满心欢喜地回家了。第二天天一亮，他就迫不及待地来到航海家辛巴达的家中，航海家辛巴达等亲友们到齐后，便开始讲起了他的第二次航海故事。

第二次航海历险

昨天说到我第一次航海挣了不少钱，回家之后，我并没有吸取教训，反而重蹈覆辙，过上了之前那种纸醉金迷的

词语在线

纸醉金迷：形容叫人沉迷的奢侈豪华的环境。也说金迷纸醉。

生活。就这样，日子一天天过去了，直到有一天，我又突发奇想，想再次出去旅行。这次旅行的主要目的是环游世界，欣赏名胜古迹，增长阅历，而做生意赚钱则是次要的。

于是，我又一次把所有积蓄拿了出来，为第二次出海做准备。首先，我用这些钱购买了一些货物，我把它们捆装好后运到了海边，恰好那里有一艘新船正准备出发，我立刻叫住了这艘船，以最快的速度把货物搬到了船上，跟船上其他商人一起启程了。

我们在海上航行了好几天。有一天，我们看到了一座小岛，这座岛环境非常优美，却没有人居住。船刚在岸边停下来，旅客们就都迫不及待地到了小岛上，他们在岛上漫步，我却坐在小溪边的林荫下，甜甜地进入了梦乡。我不知道在这芬芳扑鼻、沁（qìn）人心脾的林荫下面睡了多久，总之，我醒来时四周一片寂静，一点儿声音都没有，那些旅客也无影无踪了。原来他们都再次出发了，现在就剩下我孤零零地待在这个岛上，没有食物充饥，没有东西解渴，整个人筋疲力尽，几乎虚脱。我绝望了，不禁想道："好运不可能永远伴随着我，上次死里逃生，逃过了一劫，这次恐怕没有那么幸运了。"

之后，我看到一棵大树，便用尽全力爬了上去，看着远方。突然，我看到在很远的地方，似乎有一个巨大的白色物体。我立刻爬下树来，朝着白色物体的地方走去，想弄明白那是什么。

到跟前一看，原来是一幢建筑物，它的房顶是圆形的、白色的。但是我绕着这幢建筑物走了一圈，也没有找到大

词语在线

沁人心脾：指呼吸到新鲜空气或喝了清凉饮料使人感到舒适。现也用来形容欣赏了美好的诗文、乐曲等给人以清新、爽朗的感觉。

门。我想爬上去，但是根本不行，这房子的墙非常光滑，还特别明亮。这时，太阳快落山了，夜幕就要降临，我得赶快找个可以供我晚上休息的地方，于是我更着急地找起这幢建筑物的入口。当我绞尽脑汁时，突然，四周陷入了黑暗。我想着可能是太阳被乌云挡住了，也没有在意。但是，当我抬头望向天空时，却看到一只巨大的鸟，后来我才了解到，这种鸟的名字叫神鹰。它经常逮大象来喂养它的雏鸟，那幢白色圆顶的建筑物，只是神鹰的一个蛋而已。就在这时，神鹰缓缓降落，然后它缩起翅膀，两只脚向后伸直，开始孵蛋。

名师点评

从这里可以看出，辛巴达能抓住稍纵即逝的机会，迅速、果断地处理事情。

这时，我灵光一闪，一个计划浮现在脑海中，接着我便行动起来。我把我的缠头解了下来，对折了一下，把它搓成一根绳子，然后用一头拴住腰，另一头则紧紧地绑在神鹰的腿上。我心里想着：但愿这只神鹰能带我到达一个有人烟的地方，无论如何都好过待在这个荒岛上。

这一夜我都不敢睡着，要时刻准备跟着神鹰起飞，万一睡着了没有做好准备就惨了。

第二天天刚亮，神鹰就醒了，它站起来，伸着脖子大叫一声，然后就扑棱着翅膀飞上了天空，我也跟着它直冲云霄。随着它飞得越来越高，我感觉自己似乎已经在天边了。就这样，我被它带着在天空中飞了很长一段时间后，它开始慢慢降落了，我以为这降落的地方是一个高原。落地之后，我惊恐万分，怕被神鹰发现，就小心翼翼地把缠头从神鹰腿上解开，快速离开了它。虽然如我所愿离开了那个荒岛，但是这个降落的地方也荒无人烟，迷惘和恐惧仍旧笼罩着我。

这时，我向神鹰望去，看见它好像从地上抓起了一样东西，就又展翅飞走了。我定睛一看，发现神鹰从地上抓起的是一条巨大的蟒蛇。我看了看周围，原来我站的地方非常高，脚下是一个很深的峡谷，而四周都是悬崖，高不可攀。看到这些，我又后悔了，觉得自己不该那么草率。我勉强打起精神，鼓起勇气向山谷里走去。到了那儿，我惊奇地发现遍地都是珍贵的钻石，还有许多粗得像枣树一样的蟒蛇。这些蟒蛇都张着血盆大口，仿佛一口就能把一头大象吞下似的。为了逃避神鹰的扑杀，这些蟒蛇都是白天躲藏起来，夜间才出来活动。一想起天上有那只神鹰，而地下还有这些蟒蛇，夹在它们中间的我就后悔不已，心想这下可完了，只能听天由命了。

不一会儿，太阳落山了。夜幕降临，我怕自己成了蟒蛇的晚餐，以至于连饥饿都忘记了，哆哆嗦嗦地走着。忽然，前面出现了一个山洞，洞的入口特别小，但我立刻从洞口钻了进去。进去之后我把旁边的一块大石头推了过去，堵住了洞口。随后，我往洞中仔细一看，却看见一条大蛇正孵着蛋呢。我浑身直哆嗦，快被吓死了，但无计可施。我一晚上都没敢合眼，一直睁大双眼死盯着这条大蛇。天刚亮，我就以最快的速度推开堵着洞口的大石头，飞奔着逃出了山洞。因为我一整夜都没有睡觉，也没有进食，又渴又饿，当时感觉头重脚轻，像喝醉了一样一步三晃的。就在我绝望地徘徊的时候，一头被宰的牲畜从天而降，我看一看周围，却没看见人，我顿时吓得心惊肉跳。我忽然想起一个传说：钻石一般都出产于很深的山谷，人们很难到达山谷中去采集它们，于是，一些经营珠宝的商人想出了一个方法，即把羊宰了，剥掉羊皮，把血淋淋的羊肉扔到山谷中。这样一来，钻石会沾满羊身，山中巨大的兀鹰会把它们叼到山顶上。当兀鹰开始进食时，他们就大喊着朝兀鹰跑过去，把兀鹰吓跑，然后他们就可以轻而易举地拾取沾在羊肉上的钻石了。捡完之后，这些珠宝商再把羊肉扔给兀鹰，把钻石带走。

名师点评

这里再次体现了辛巴达的机智，他总能迅速想出脱险的方法，这让他多次化险为夷。

我赶快跑到那只羊跟前一看，真的看到有许多钻石沾在羊肉上。我想都没想，立刻捡起钻石来，把口袋、缠头、衣服和鞋子都装满了，然后我就躺到地上，用羊盖着自己的身体，用缠头把我的身体和羊身绑在了一起。没过多久，一只兀鹰降落到了地上，它叼起被宰的羊，一直飞到了山顶。待那只兀鹰正要啄食羊肉时，忽然，巨大的喊叫声和敲木板的响声从山崖后面传了出来，兀鹰听到后，吓得立刻逃走了。我赶快把缠头解开，站了起来，此时的我浑身血淋淋的，吓了珠宝商们一跳。我把钻石分给那些珠宝商，他们非常高兴，决定带着我一起下山。途中，我隐约从山谷中看见那些蟒蛇，心里还觉得后怕。

我们夜以继日地行走，终于看到了一个漂亮的海岛。我用钻石和当地人做交易，换取了许多当地的土特产，然后把它们运输到其他地方，靠这个我挣了许多钱。之后，我一路上又经过很多城市，每到一个地方就和当地居民做生意。就这样，我们最后到了巴士拉。我在巴士拉逗留了几天，然后满载着货物平安地回到了家乡巴格达。慢慢地，我又把旅途中遇到的危险抛到脑后了，我的生活又变得轻松、惬意了，甚至重新过起了以前那种灯红酒绿的生活。

以上那些事就是我第二次航海的经历，我第三次航海的经历明天再告诉大家。

大家吃过晚餐后各自回了家。第二天，脚夫辛巴达一早又来到航海家辛巴达那里。航海家辛巴达邀请他坐在自己身边，等亲友到齐后，摆上筵席，便讲起了他的第三次航海经历。

第三次航海历险

我昨天讲到，第二次航海历险后，我又平安地回到了家乡，而且挣了很多钱，生活得很惬意。之后，我在家乡巴格达又过上了衣来伸手、饭来张口的生活，在其他人眼里，我应该对我的生活感到满足了。但是，这样的日子没过多久，我又开始不安分起来，又想出去航海旅行了。一下定决心，我就立刻收购了很多货物，带着它们再次出发了。

我这次还是先到达巴士拉，从这里换乘一只大船。这一趟航行刚开始非常顺利，旅客全都兴致勃勃地沉浸在旅途的快乐之中。途中每到一个地方，船长都会把船靠岸，我们便上岸与当地居民做交易。就这样，我们一直航行。直到有一天，我们的船搁浅了，所有人被一群有着丑陋无比的面孔、矮小的身体，身上到处长着长毛的猿人劫持了，他们嘴里不停地说着什么，但是我们都听不懂。我们成了这些猿人的俘虏，他们把我们赶下船，赶到了猿人山上。那些猿人把船也拖走了，不知将船藏到了哪里。然后，猿人们一下子全都不见了，跑得无影无踪。现在没有了船，我们都被困在这

词语在线

灯红酒绿：形容寻欢作乐的腐化生活，也形容都市或娱乐场所夜晚的繁华景象。

搁浅：①（船只）进入水浅的地方，不能行驶。②比喻事情遭到阻碍，不能进行。

座荒岛上，没有吃的，也没有喝的，实在想不出别的办法，我们只好摘树上的野果充饥，用河水解渴。不大一会儿，其中一个乘客发现这座岛上居然还有一幢房子，其他人一听说，马上前去观看。仔细一看，这幢房子竟然是座高楼，而且非常坚固，有两扇用紫檀木做成的门，而且都大开着。我们从门口向高楼里边望去，大厅非常宽阔，四周有很多门窗。我们进入厅堂，只见里面摆放着很多高大的凳子，炉灶上挂着各种各样的烹调器皿，四周还堆着数不尽的人骨，但是屋中寂然无声，一个人影都看不见。

名师点评

这样奇特乃至诡异的环境，为后文怪物的登场做了很好的铺垫。

看到这样的场景，我们都非常惊奇。

大家在屋子里巡视了一遍，没有发现异常。当时大家都很累，也很久没有好好吃东西了，所以都没想太多，便躺下睡了。不知睡了多久，只记得我们是被一阵突如其来的隆隆声惊醒的，紧接着地面也震动了起来，然后有一个黑色的巨型怪物从楼上下来。这个怪物的一双眼睛向外冒着火，张着血盆大口，龇牙咧嘴，胸前垂着它的双唇，耳朵大如蒲扇，搭在肩上，呼扇呼扇的。

只见这个巨大的怪物向大厅走来，不慌不忙地在高凳上坐下，之后又站了起来，走到我们跟前，看了一圈，然后突然抓住了我，把我放在它的手中仔细地看。我与它的手相比非常渺小，似乎它一口就可以把我吃掉。它看了一会儿，好像感觉我达不到它的标准，就把我朝地上扔去。随后，它又抓起了我的另一个同伴，像刚才打量我一样把他也打量了一番，随即又扔到地上。它对我们每一个都不满意，最后船长被它看上了。船长比我们任何人都强壮，他四肢健壮，**虎背熊腰**，力气也很大，往那儿一站就如一座铁塔似的。怪物应该觉得他符合标准，只见它站在船长面前，两只眼睛死死地盯着船长，突然像老鹰抓小鸡似的把船长提了起来，又向地上使劲儿摔去，然后就把船长抓起来吃掉了。吃完后骨头被它扔到了一边，它便往高凳上一躺，呼呼大睡起来。怪物睡觉时发出的鼾声像雷一样。就这样，它一直睡到了第二天早上，醒来之后就不可一世、神气十足地离开了。

我们不能这样坐以待毙，待怪物走了之后，大家便凑到一起研究对策。有人说："我们必须干掉这个怪物，免得大家终日忧愁、恐惧。"我便建议说："既然要干掉那个怪物，我有一个建议，大家一起行动起来，先做个木筏，再齐心协力想办法把这个怪物干掉。就算不能干掉这个怪物，我们也可以利用木筏逃离这里，即使我们不幸掉入海中淹死，也好过被怪物吃掉。"

于是，我们齐心协力把屋里的木板和木头搬到屋外，大家一起动手，木筏很快就做好了，我们把它拴在海边，把一切都准备好，又偷偷地回到那间屋子。过了不大一会儿，地面又震动起来了，那个黑色巨怪又在我们面前出现了，它像饿狼一样把所有人又审视了一遍。它选定食物之后，刚准备张口撕扯，我们就从它的四周一拥而上。大家都准备了铁叉，我们一起拿着铁叉向它的两只眼睛戳去，顿时，怪物的双眼就看不见东西了。它立刻狂叫起来，叫声像打雷一样。看到这种场景，我们都吓得半死。怪物从地上爬起来，继续狂叫着，要抓住我们，但是，它的双眼已经被我们戳

词语在线

虎背熊腰：形容人的身体魁梧强壮。

名师点评

众人拾柴火焰高，我们遇到困难乃至危险时一定要团结一致，共同想办法摆脱困境，团结才能凝聚力量。

瞎了，什么都看不到，也抓不到我们。它一直狂叫着，挣扎了一会儿，然后踉踉跄跄地离开了。它的吼声震天动地，非常恐怖。

我们刚放松了一下，看到眼前的情景，心又提了起来：只见外面又来了两个更高大、更丑陋的怪物，不知它们是之前那个怪物从哪儿带来的，我们吓得魂飞魄散。于是，我们朝着海滨拼命地跑，以最快的速度冲上早已准备好的木筏，迅速驶离海岸。但是，那两个怪物对我们穷追不舍，手里还拿了很多石头，不停地扔向我们。石头把我们的木筏击沉了，很多同伴被砸死，还有一些落入海中淹死了，最终只剩下我和另外两个同伴脱险。

我们三人抱着一根木头，毫无目的地在海上漂着。不知漂了多长时间，我们终于到了一座小岛。可不幸的是，我们在岛上还没有找到出路，我的两个同伴就先后被蟒蛇吃掉了，我因为及时躲到了树上才幸免于难。后来，我在自己身上绑了几块木头，仿佛置身在木笼中，以至于再次见到蟒蛇时，它因为没办法弄破我那坚硬的木头盔甲吃掉我而不情愿地走了。

第二天，我站在海边向远处望去，突然看见有个黑色的东西在慢慢地移动。渐渐地，它离我越来越近，我终于看清楚了，如我所愿，那个黑色的东西是一艘船！我难以抑制我的兴奋，赶紧折下一根大树枝，举着它冲着船使劲儿挥动，同时大声叫喊，希望船上的人可以听见我的呼喊声。果真，他们听到了，紧接着，他们把船停到了岸边，我便上了船。上了船之后，我发现原来这就是我第二次航海时那艘把我遗忘在神鹰岛上的船。船长把我所有的货物和钱财都原封不动地还给了我，我把它们全部卖掉，又得到了一大笔钱。然后，我带着这些钱回到了家乡，见到了我的家人和亲友。由于这次赚的钱多，因此我把其中很大一部分捐赠给了家乡的穷人，之后又开始过着每天尽情享受山珍海味、身穿华丽服装的惬意生活，把过去经历的惊险和苦难都抛到了九霄云外。

以上是我的第三次航海旅行，同样又惊又险，我的第四次航海经历会在明天继续讲述。

词语在线

九霄云外：形容远得无影无踪。

随后航海家辛巴达又吩咐仆人取了一百枚金币送给了脚夫辛巴达。大家吃饱喝足后，便各自回家了。

第二天天一亮，脚夫辛巴达立刻出门来到航海家辛巴达的家中，航海家辛巴达便讲起了他的第四次航海经历。

第四次航海历险

如昨天所说，我第三次航海旅行挣了很多钱，回到家乡后，我又像过去一样过着那种舒适、悠闲的生活，甚至比以前还要享受。我每天逍遥自在、恣意享受，早已经把旅途中遭遇的惊险抛到脑后了。人的欲望是无止境的。这样的日子没过多久，再次航海旅行的想法又从我脑子里冒了出来。我禁不住金钱的诱惑，便和一群商人朋友结伴而行，再次扬帆起航了。这次我携带的货物比之前哪一次都多。

航行的前几天一帆风顺，和前几次旅行一样，我们的船在海上夜以继日地航行。一路上，我们经过了一片又一片海域，也经过了许多岛屿。

词语在线

惊涛骇浪：
①凶猛而使人
害怕的波涛。
②比喻险恶的
环境或遭遇。

有一天，突然刮起了飓（jù）风，海面上掀起了惊涛骇（hài）浪，船上所有的人、货物和钱财都随船沉入了海中。我在海中拼命地挣扎，游了很长一段时间。正当精疲力竭、快要淹死的时候，我忽然抓住一块浮在海上的破船板，这才幸免于难。伏在船板上的还有另外几个旅客，我们在汹涌澎湃的大海上度过了整整一昼夜。最后，海浪把我们推到了一个沙滩上。

我们上岸不久，便发现了一座建筑物，于是急急忙忙跑到那幢房子前。突然，房子里跑出一群赤身裸体的大汉，一句话都没说就抓住我们，并把我们拖到了国王的面前。

我们在国王的安排下坐了下来，随后面前摆放了一桌稀奇古怪、见都没有见过的食物。我的同伴们实在太饿了，马上吃了起来，但是我一点儿都没有吃，因为我完全没有胃口。也正因为没吃那些东西，我才活了下来。

凡是吃了那桌食物的同伴都变得疯疯癫癫的。他们还一直在吃，吃得越来越多，最后一个个都变样了。然后，那些大汉又逼迫我的同伴们喝椰子油，并把椰子油涂抹在他们身上。喝完椰子油后，他们的眼珠就不能动了，呆头呆脑的，但吃东西的欲望却更加强烈。原来等到把他们喂得又壮又胖时，这群大汉就要把他们杀掉献给国王，供国王享用。这个国家的人都喜欢生吃人肉。

名师点评

这个国家
的人竟然在畜
养人类，而且
还吃人肉！读
到这里让人不
由为辛巴达捏
了一把汗。

由于我不吃东西，都瘦成皮包骨头了，他们似乎完全遗忘了我。于是，我找准时机偷偷溜了出来。我刚逃出来没多远，就看见一个高山坡上坐着一个裸体大汉，他正看守着我那些同伴，他们现在已经完全成为俘虏了。那个大汉发现我没有疯，不像那些同伴，于是他远远地告诉我："向后转，再往右走，你就可以离开这里了。"

我愣了一下，但是当时的情况已经容不得我思考了，我怕他后悔了来追我，就马上朝着他给我指的方向飞一般地逃跑了。

我跑了八天，终于到了另一座小岛，并见到了岛上的国王。国王很同情我，给我准备了很多美味佳肴。吃完饭后，我便出去参观这个岛上的城市。

这里非常繁荣，商品多得数不胜数，街上行人熙熙攘攘，川流不息。我觉得自己很幸运，能再次观赏到这种画面。这里大大小小的官员都骑着没有马鞍的马，我对此感到奇怪。有一天，我问国王："国王，您这里的马为什么都没有马鞍呢？马鞍外形很漂亮、很神气，而且骑马时配上它也会更舒服、更安全。"

"什么是马鞍？我没有听说过，也没有见过，更没有用过。"

"这样吧，如果您允许，我先帮您制作一具马鞍，您试用一下，看看它好不好用。"

"好吧，那你就先制作一具马鞍，我看看是什么样的。"

"那么，国王，我需要一些木料。"

国王马上派人给我准备了木料，并派了一个技术精湛的木匠供我使唤，我指挥这个木匠制作鞍架，又准备好皮革盖在马鞍上，把皮质绊胸、肚带配在马鞍上。这些都做好以后，就把鞍镫和其他配饰放到早已准备好的一匹御用骏马上，然后牵着这匹马去拜见国王。国王看到这匹装备齐全

📖 词语在线

川流不息：（行人、车马等）像水流一样连续不断。

的马，非常高兴，他亲自骑着它感受了一下。试骑以后，国王感到有了马鞍骑马果真非常舒服，他对我做的马鞍很满意，也很感谢我。因为这件事，国王重重地奖赏了我。

我给国王制作了一具马鞍，国王骑马时用上它，威风凛凛的。这个消息很快就在全国传开了，有很多人都想让我替他们制作马鞍，包括很多朝廷官员。他们的要求我都答应了，木匠和铁匠也从我这里学到了制作马鞍的手艺，他们大批量地制作马鞍，并通过出售马鞍挣了很多钱。我在这里变成了一个名人，并且受全国人民尊敬，在人民心中的地位也节节攀升。我在这个国家生活得很高兴、很自在，还娶了一个美丽富有的女子为妻。

我本以为自己今后就要这样生活下去了，却偶然得知这里有一个残忍的风俗：夫妻两人如果有一个先去世，另一个就会被扔到山里的一个大洞中陪葬。我非常害怕，但是转念一想，我跟妻子都还年轻，不用考虑那么久之后的事。没想到，不久，我的妻子就生了一场大病，一命呜呼了。我找国王求情，说我不是这里的人，不用陪葬，但是国王认为只要住在这里就要遵守这里的风俗。于是，我被绑着扔进了那个可怕的大洞中。此外，他们还在洞里放了一罐水、七个面饼。

这个大洞在山脚下，洞里尸骸（hái）无数，臭气熏天。这时，我又开始后悔了，埋怨自己：我为什么要在这里娶妻成家？这样死去太憋屈了，我宁愿淹死在海里，或是像前几次那样在山里死去，也好过给人陪葬。

就这样，我在死人堆里自怨自艾（yì），在尸骸中睡觉，等着死亡的来临。

不知道过了多长时间，我又饿又渴，难以忍受，便慢慢坐起来，摸着面饼吃了些，又摸到凉水喝了些。我挣扎着站起来走动一下，随即眼前突然出现了一道光。我朝着光走去，没想到这里竟然是一个出口，它一直通往外面。我迟疑了一下，便壮着胆子走了过去，仔细一看，原来这里是野兽刨开的，它们从这里进入山洞吃死了的人。

这个洞口的发现让我平静了下来。有了它，我就有救了。我挣扎着从洞口钻了出去，洞外面是一座高山，我站在那里向四周望去，发现这座山被海水隔在海岛和城市之间，非常荒凉，人迹罕至。我又回到了洞里，把剩余的食物和珍贵的殉葬品收了起来，把殉葬者身上干净的衣服脱了下来，穿在我的身上，然后又从洞里钻了出去，在海边坐下，希望有船只经过这里。

这一天，我像往常一样坐在海边等待，突然发现了一只船在浩瀚无边的大海上行驶。于是我赶快把一件殉葬者的白色衣服绑到一根树枝上，把它高高举起，沿着海岸一边走一边使劲儿挥动，并且大声朝船只呼喊。船上的人听到我的呼喊声后，把船朝我这边驶来，然后他们把一只小艇放到了海里，水手们乘着那只小艇到了我的跟前。

在水手们的帮助下，我把那些金银财宝搬到了小艇上，然后他们把我带到了大船上。就这样，这只船把我平平安安地带到了巴士拉。我在巴士拉停留了几天，然后回到了家乡巴格达，和家人团聚了。我的亲人看到我平平安安地回来，都非常高兴，过来祝贺我，我把我的很大一部分钱财拿来做善事，接济穷人。之后，我又像以前一样过上了安乐、舒适、享受的生活。以上就是我第四次航海旅行的经过，我第五次航海的经历会在明天讲述。

接着，航海家辛巴达吩咐仆人摆开筵席，大家吃饱喝足后就各自离开了。

第二天，脚夫辛巴达又到航海家辛巴达的家里，其他亲友随后也相继赶来，于是航海家辛巴达便跟他们讲起了他的第五次航海经历。

第五次航海历险

朋友们，大家都知道，我第四次航行又带回来许多钱，之后便又过上了吃喝玩乐的安逸日子，航海旅行中遭遇的艰难险阻也被我淡忘了。这样过了一段时间之后，我的钱已所剩无几，我又有了到海外做生意赚钱的想法。之后，我就下定决心再次去航海旅行，这也是我的第五次航海旅行。

我像前几次旅行一样，出发之前在当地采购了很多贵重货物，把它们运到了巴士拉。我远远就看到海滨停着一艘大船，那艘船装备很齐全，而且是新造的。我当时就兴奋不已，立刻把这艘船买了下来，另外又掏钱雇了一个船长和几个水手，把货物装上船后就起航了。

船上所有人都兴高采烈的，这似乎预示着这次旅行会特别顺利。

我们的船在汹涌澎湃的大海中不分昼夜地航行着，途中经过一个又一个岛屿和城市。每到一个城市我们都上岸和当地人进行交易，并游览一番。有一天，我们的船经过了神鹰蛋所在的岛，同伴们上岛打碎了巨蛋，吃掉了雏鹰。我得知这个消息后大惊失色，让船长迅速开船离开。但还是晚了一步，雌鹰抓着一块巨石正好砸中了我们的船帆，倒下的船帆又把船舳砸烂了，我们的船瞬间便倾覆了，所有的人和货物都掉到了海里。

我在海里拼命挣扎着，身边恰好有一块破船板，我立马抓住了它。我伏在船板上，在海面上漂着，直到被海浪推到了一座荒岛上。

我当时已经危在旦夕，在海边安静地躺了一会儿之后，心情平静了些，也有精神和体力起来走动了。我看了看这座小岛，风景优美，犹如一个乐园，但是一个人都没有。夜幕降临了，我便在地上睡了起来。第二天早上，我醒来之后往林中的一条小溪走去，在那里我看见了一个老人，他穿着用树叶做的裤子，很严肃地坐在小溪边。我心里想："这个老人看起来很可怜，或者他和我一样，也是刚从海里逃到这个岛上的。"

我走上前去，向他表示问候。他不说话，只是打手势来回答我的问题。

我问他："老人家，您怎么会坐在这里？"

他摇了摇头，看起来很焦虑。他用手势告诉我，想让我把他背到另一条河边去。我想：就帮帮他吧，把他背到那条河边，我会有好报的。然后，我就把他背到了他想去的那个地方。

到了那里，我对他说："老人家，您下来吧，小心点儿。"不可思议的是，他突然骑到了我的身上，用双腿紧紧地夹住我的脖子，无论如何都不下来。我看了一眼他的脚，非常粗壮，跟水牛蹄子一样，他把我的脖子夹得特别紧，我使劲儿甩都甩不掉，最后我喘不过气来了，眼前一片漆黑，便倒在了地上，不省人事。

过了一会儿，他的两条腿放松了，对着我的背和肩膀一阵乱打，把我从昏迷中打醒了。我醒后感觉肩背特别疼，但只得<u>忍气吞声</u>，挣扎着爬起来。他骑着我的脖子，随意驱使我，命令我给他摘果子。如果我稍微慢点儿，他便对着我一阵拳打脚踢，甚至用鞭子抽，这种感觉特别难受。我就是他的俘虏，他每天都骑在我的脖子上，还在我身上大小便。他晚上睡觉时也不放过我，把他的两条腿夹得紧紧的，卡住我的脖子。我真是后悔，当时就不应该怜悯他，帮助他，要不然也不会变成现在这样。

他根本不把我当人看。我疲惫不堪，痛心疾首地感叹道："我帮助他，他却这样对待我，恩将仇报！从今以后，我再也不帮助别人了！"

他对我的侮辱和虐待，我简直不能忍受。我不想再受这种罪了，只一心求死。

有一次，他让我把他背到一块南瓜地里，那块地里有很多南瓜，但都已经干了。我从中挑选了一个最大的，在瓜上挖了个洞，去掉瓜瓤。我又摘了一些葡萄，把它们装在瓜里，然后封上口，把南瓜放在太阳下，晒了几天，就成了葡萄酒，我每天都喝上几口。借着这酒，我暂时忘了痛苦。每次喝到最后我都会醉，醒了之后便精神抖擞心情愉悦。

词语在线

忍气吞声：
形容受了气而强自忍耐，不说什么话。

有一天，像往常一样，我又在自斟自饮，他用手势问我："这是什么东西？"

"这是一种饮料，喝了它就会神采奕奕、心情舒畅。"

当时我已经有点儿醉了，兴高采烈的我背着他在树林里狂奔，还一边打着拍子，一边唱歌跳舞。

他看到我喝了酒后如此高兴，便打手势示意，跟我要酒喝。我迫不得已只好答应他，把南瓜酒瓶递给他。他一把接过酒瓶，把剩余的葡萄酒一口气喝完了，然后把酒瓶扔到地上，南瓜酒瓶立刻被砸得粉碎。之后，他酒瘾发作，醉眼蒙眬，没多久便烂醉如泥，他身上的肌肉也变得松弛了。当时他的身体向一边倒去，已经没有意识，没一会儿就昏迷了。然后，我趁此机会使劲儿扯他的两条粗腿，不久便扯开了，一下子把他摔到了地上。真是难以置信，我真的脱离了他，获得自由了。

我转念一想：万一一会儿他醒过来攻击我该怎么办？于是我从树林里找了一块大石头砸死了他。

从那以后，我在那个荒岛上高兴地过着日子，另外，我每天都在等待，希望有船经过这里，可以营救我。过了很长一段时间，我终于梦想成真了，一艘船在海滨靠了岸，船上的旅客看到我后便询问我是谁，是怎么来到这个岛上的。我把之前经历的事全部告诉了他们。他们觉得不可思议，将信将疑地说道："你说的那位老人就是传说中的海老人，凡是被他骑在脖子上的人，都会难逃噩运。你已经很幸运了。"

然后，他们给我东西吃，给我衣服穿，并允许我跟他们一起出发。

我们在浩瀚无边的大海中不分昼夜地行驶着，没过几天便来到了一个城市，这个地方叫猴子城。在城里我学着当地人用石头扔树上的猴子，猴子就用椰子扔我，我靠卖椰子挣了一大笔钱。后来我带了很多椰子上了一艘商船。

我们的船途经很多地方，每到一处，我就把我的椰子拿出来，上岸和当地人做交易，赚了很多钱。有一天，船途经一座小岛，这座小岛盛产丁香和胡椒。于是我用椰子换了许多丁香和胡椒。接下来，我们又经过许多地方，有盛产檀香的古玛尔小岛，有盛产檀香的大岛，还有一个盛产珍珠的地方，在那里我和潜水捞珍珠的人做交易，用椰子换了许多珍珠。

我带着这些珍贵的物品回到了家乡巴格达，见到了我的亲人，终于和他们相聚了。

以上就是我第五次航海经历，我第六次航海经历明天讲给大家听。

随后大家便开始用餐，餐后航海家辛巴达吩咐仆人又拿了一百枚金币给脚夫辛巴达。脚夫辛巴达带着赏钱，高兴地回了家。

第二天，脚夫辛巴达又来到航海家辛巴达的家里。航海家辛巴达等其他亲友到齐后，便开始讲起了他的第六次航海经历。

第六次航海历险

就如我昨天所讲的，我那次航海旅行回家之后，又过起了以前那种安逸、享受的生活，每天只知吃喝玩乐。

渐渐地，我完全忘掉了以前航海旅行中那些惊险和艰苦的遭遇。有一天，我的一些商人伙伴突然到我家里来了，他们一来就打破了我舒适的生活。当时他们都风尘仆仆的，脸上洋溢着光彩。看到他们这种状态，我不由自主地想起了以前每次航行平安回到家里与亲人相聚的欢乐时刻，我脑子里又出现了去航海旅行的想法。下定决心以后，我在当地又购买了一些货物，带着它们去了巴士拉。在海滨刚好有一艘货船正准备出发，我便把货物装了上去，和船上的其他商人一起启程了。

我们的船在波涛汹涌的大海上昼夜不停地向前行驶着，途经很多城市和岛屿，这一路上我们既做生意挣了钱，又欣赏了美景，大家都陶醉在旅途的快乐之中。

有一天，船正平安地向前行驶着，突然，一阵飓风从海面上刮起来，把风篷吹碎了，把桅杆吹折了，巨浪甚至把船舵也打碎了。我们的船立刻失去了平衡，朝一座高山撞去。船身被撞碎了，旅客都掉进了海里。大多数旅客都淹死了，只有一小部分爬到了岛上，其中包括我。

这座岛上堆着许多尸骨和破船板，简直令人毛骨悚然。那些尸骨都是被海浪冲上岸的，由此来看，这里经常发生触礁沉船事故。

这个荒岛上到处都是遇难者，我非常害怕。这个景象太悲惨了，简直让我有点儿痴痴呆呆的了，于是我开始在这个荒岛上疯疯癫癫地乱走。有一次，我走到一个很高的地方，看见山腰上有一条湍急的河流淌了出来，河流的另一头是另外一座山。我定睛一看，有很多珠宝玉石和名贵矿石

名师点评

此处的环境描写交代了飓风的巨大威力与破坏力，同时也说明了这次航海之旅的危险性，渲染出一种紧张的气氛。

散布在河的两边，闪烁着光芒。另外，这座小岛上还有很多名贵的沉香和龙涎香。龙涎香外形跟蜡很像，遇热会融化，然后慢慢地流到海滨，一路都散发出芬芳的气味。龙涎香被鲸吃下肚后，会在鲸的肚子里起变化，鲸把它们从口中吐出来之后，会凝结成块，在水上漂浮，颜色和形状也会改变。待它们漂到岸边后，旅客或商人就把它们收藏起来。这些东西很贵重，能换很多钱。

词语在线

沧落：①流落。②没落；衰落。③沉沦。

我们沧落在这个荒岛上，对大自然的各种现象感到十分惊奇。我们从海滨找到一些粮食，把它们储藏起来，一两天吃一次，艰难地维持着生计。每天都有同伴由于腹痛死去，死的时候都已经筋疲力尽。之后，越来越多的同伴死去，到最后就只剩下我一个人孤零零地在这座荒岛上生活着。眼看储藏的食物已经所剩无几，我非常难过，也很寂寞，不禁感叹道："如果我不是最后一个死的，我的伙伴还可以帮我收尸，但是现在就剩我自己了，我该怎么办呢？"

又过了几天，我已经心灰意冷，于是动手在地上挖了一个深坑。我自言自语地说道："我以后就睡在坑里了，等到我死的时候，风吹来的沙也可以把我埋葬，这样就不用担心没人给我收尸了。"

名师点评

正是这种敢于拼死一搏、永不放弃的精神，帮助辛巴达多次脱困。

现在除了等死，就没有别的办法了吗？我绞尽脑汁，一直在想，终于想到了一个办法：这条河流一定有源头和尽头，那里一定会有人居住，我可以自己做一条小船，乘着它顺着这条河一直向前行驶。如果可以一直行驶到有人的地方，那么我就会死里逃生；如果这条河不通，就算淹死，也好过在这个荒岛上等死。

于是，我立刻行动起来，非常艰难地找来一些沉香木，把它们整整齐齐地摆在河滨，我又从破船中找出几根绳索，将那些沉香木捆扎了起来，并将几块整齐的船板铺在上面，把它们绑紧后，又找来两块木板作为桨。就这样，比河床窄一点儿的小船就做成了。我从岸边捡了许多宝石和龙涎香，满满地装了一船，还把剩下的粮食也带上了。

我把小船向河中推去，上船后顺着水漂流了好长一段时间，然后小船载着我进入了一个山洞，洞里面黑乎乎的。前面的路一会儿无比宽阔，一会儿又很狭窄，小船就这样在漆黑的山洞中随着河水向前行驶着。我已经筋疲力尽，不知不觉地睡着了。

等我睡醒时，眼前一片光亮，眼睛都睁不开。啊？船何时从那个狭窄的地方驶过来了？不知哪个好心人把我的小船系在了岸边。

我往四周一看，四周站满了人。他们看到我醒了过来，很友善地和我说话，但是，他们的语言我听不懂，我似乎还在睡梦中。后来有一个人朝我走了过来，他说的是阿拉伯语，问我：<u>"朋友，你从哪里来？你是做什么的？你来这里做什么？山的那边是什么样的呀？我们从来没有见过山那边的人。"</u>

我问他们："这是哪儿？你们是谁？你们是做什么的？"

"朋友，我们在这儿做农活儿，大家都是庄稼人。我们看到这只小船里睡着一个人，便把它系到了岸上。你现在醒了，能告诉我们你是怎么来到这儿的吗？这太不可思议了。"

"我的朋友们！我现在非常饿，你们能给我点儿吃的

名师点评

　　辛巴达的到来，引起了当地人的好奇，但其实当地人更加好奇的是外面的世界。

吗？吃完我再把我的经历告诉你们。"

他们很快就把吃的给我送来了。我顾不了太多，便大口大口地吃了起来。慢慢地，我恢复了一些体力，精神也好了些。没想到我顺着河流真的到达了有人的地方，一想到这儿，我就非常高兴，又感慨万千。随后，我把自己的遭遇对他们说了，他们决定带我去见他们的国王。他们的国王决定帮我回到家乡。

不久，我跟着国王召集的到巴士拉做生意的商人一起乘船离开了。航海途中一切顺利，很快我们便平安到达了巴士拉。我在巴士拉稍作停留，几天后便带着财宝回到了家乡巴格达。

以上就是我的第六次航海旅行经历，我最后一次航海故事明天会讲给你们听。

饭后，亲友尽欢而散，脚夫辛巴达也回家了。

第二天，脚夫辛巴达又来到航海家辛巴达的家中，随后其他亲友也来了，航海家辛巴达便讲起了他最后一次航海经历。

第七次航海历险

和前几次航海旅行一样，我第六次航行也带回来很多钱，又过着以前那种终日吃喝玩乐、纸醉金迷的奢侈生活。这种日子一天天过去，一段时间之后，突然有一天，我对这种安逸的生活感到厌倦了，又有了航海旅行的念头，想出去做生意，欣赏异地风光，了解各个地方的风俗习惯。下定决心之后，我便准备了一些行李，又从当地购买了一批货物，带着它们来到了巴士拉。刚好海边有一艘载满客商和货物的大船正准备出发。我立刻把货物搬到了这艘大船上，和那些商人结伴而行。我的第七次航海旅行就这样开始了。

我们的船在海上平安地行驶着，一路上都很顺利。很快，我们便进入了中国境内。

我和船上那些商人正一起谈着生意，突然，一阵台风从海上刮了过来，接着，倾盆大雨从天而降。我们害怕的事还是发生了，一条巨大无比的鲸从海里浮了出来，死亡离我们越来越近了。更令人心惊胆战的是，又有两条更大更凶狠的鲸从海中出现了。我们的船被这三条鲸包围了。它们向我们的船扑来，我们危在旦夕，大家心里只剩下恐惧。狂风呼啸，海中的波浪奔腾着。突然，一个海浪朝我们扑来，船被掀了起来，朝一块暗礁撞去，船立刻被撞碎，所有乘客和货物都掉入了海中。

有了以前的几次经验，我一掉进海里便马上把衣服脱得只剩一件衬衫，在海里拼命游着。过了一会儿，我抓到一块从船上掉下来的破木板，挣扎着爬到破木板上，之后漂到了一个海岸边。我挣扎着往岸上爬去，爬上去之后发现这儿是一座大岛。

我又流落到荒岛上了，不得不再次想办法离开这里。我看到前面不远处有一条水流湍急的大河，于是马上行动起来，找来一些木头、细枝和干草——所有木头被我绑在了一起。一会儿，一只小船就做成了。我看着小船说道："希望我能死里逃生。"接着，我把小船朝河里推去，随即坐

名师点评

说做就做，不瞻前顾后，辛巴达果断的行动力和较强的动手能力，再次将他带出生命的困境。

上小船，顺着水流向前漂去。

我的小船朝着水流的方向行驶着，就这样，一天过去了、两天过去了……我和我的小船漂得越来越远。

我就那样在小船里坐着，整整三天什么都没吃，只靠喝点儿河水维持生命。我饥饿难耐、疲惫不堪，心里又非常害怕，整个人狼狈不堪。

河流把我冲到了一座大城市旁边，这座城市的建筑都非常雄伟，人也特别多。河岸上有人发现了船，他们一看见河水把我往下冲，马上用绳索和渔网将小船拉到了岸边，救了我。我当时恐惧过度，筋疲力尽，加上又冷又饿，刚到岸上就昏了过去。他们立刻对我进行了急救，不一会儿我便苏醒了。

然后，有个老人来到我面前，他非常和善、热情地问候我。他怕我冷，便脱下他的衣服给我穿。接着他们把我带到城里的澡堂，好好洗了个澡，还把香水洒到我身上，又给我饮料喝。我到老人家里住下，两三天后，我的精神状态已经好了很多。第四天，那位老人来看望我，对我说："孩子，你恢复得挺快的啊！不知道你想不想和我一起上街把你的货物卖掉？或者你想买什么东西吗？"

我不明白他在说什么，觉得莫名其妙，我想：我怎么还会有货物？我已经一无所有了，还卖什么？

老人带着我到了街上，我才知道他口中所说的货物是我那只小船。原来他们已经把我的那只小船拆开了，把那些木头摆在了大街上，而那些木头居然都是檀香木。老人出一千一百枚金币买下了这些檀香木，然后语重心长地对

📝 **词语在线**

语重心长：
言辞诚恳，情
意深长。

我说："孩子，我看你是一个勇敢又聪明的人，所以有一件事想跟你商量：我现在年龄已经很大了，膝下无子，只有一个女儿，我想把她嫁给你，让你们结为夫妻，一起生活，以后我的财产和职位就由你来继承。"

听了老人的话，我不知道该怎么办，一时说不出话来。

老人对我说："孩子，我这么做也是为你好。如果你和我的女儿结婚了，我会把你当亲生儿子，我所有的财产都归你所有。以后不管你想做什么我都不会干涉你，你可以自己做主。"

"老伯，您就像我的父亲一样，我听您的，我的事都由您做主，您看着办吧！"

仆人在老人的命令下把法官和证人请到了家里，当场把婚书写好，让我们成了亲，并为我们举办了盛大的婚礼。老人的女儿长得花容月貌、倾国倾城。我们两人一见倾心，彼此相爱，婚后过着互敬互爱的幸福生活。岳父去世以后，他的财产就由我继承，我也就成了一家之主。受那些商人的托付，他的职位也由我继任了。自此之后，他们做的任何买卖都必须征得我的同意。因此，我和那些城里人来往频繁。我观察了他们很长一段时间，发现这个城里的人有一种很奇怪的能力：每个月月初，都会有一双翅膀从他们（妇女、儿童除外）身上长出来，他们可以在空中飞翔。我对此感到很吃惊、很好奇，我心里想：等到下个月月初，我就找个人问问这到底是怎么回事。但愿他们能带着我去天上遨游。

我就这样期盼着，次月月初终于到了，我找到一个城里人，向他请求道："我想和你们一起飞翔，你们把我也带上吧，到时候我再和你们一起回来。"

"不行，我们不能带上你。"他立刻拒绝了我的请求。

我一再苦苦哀求他，他才勉强答应带我飞。我没有把这件事告诉家人，悄悄和那个人一起向空中飞去。我觉得非常开心，随后，他又带着我回了家。

我的妻子由于父母都已去世，对这里已经没有牵挂，想和我一起到我的故乡去生活。走之前我们把家里的财产都变卖了换成钱，然后购买了一些木材，造了一艘大船。我和妻子带着钱财，驾着船朝我的家乡驶去。

一路上，许多漂亮的城市和岛屿与我们擦肩而过。海上一帆风顺，不久便到达了我的家乡——巴格达。

这次带回来的钱财都被我好好地收了起来，我非常虔诚地忏悔，决定以后再也不离开家乡出去做生意了，再也不出海了。我一闲下来就会回忆过去那七次航海旅行，旅行过程中充满了刺激和新奇，但是也经历了千辛万苦，九死一生。

航海家辛巴达把这七次航海旅行的经历讲完之后，对脚夫辛巴达说："辛巴达兄弟，这就是我惊奇、危险的七次航海经历！"

自此以后，两个辛巴达成了好友。航海家辛巴达宅心仁厚，非常善良，他经常接济穷人，还经常请亲朋好友到他家里来，他们一起聊天、玩乐，日子过得安逸而幸福。

名师点评

故事的末尾，辛巴达再次下定决心不再出海。看起来，这次他真的践行了诺言，但是他的冒险精神却永远激励着每一位读者。

品读赏析

　　辛巴达的讲述让我们见识了众多岛屿的神奇景色，同时也让我们跟随他经历了一次次危险。这七次航海历险充分显示了辛巴达的勇气和智慧，同时也让辛巴达懂得了要珍惜家人和朋友,知晓了感恩和助人的重要意义,这对于读者的教育意义是很强的。

写作积累 XIEZUO JILEI

　　情不自禁　谦逊　饿虎扑食　纸醉金迷　沁人心脾　听天由命夜以继日　灯红酒绿　九霄云外　惊涛骇浪　川流不息　自怨自艾倾覆　忍气吞声　沦落　语重心长

　　·我吃山珍海味，穿绫罗绸缎，结交狐朋狗友，挥金如土，浪费无度。在我看来，这些财产足够我用一辈子。可是，后来我才意识到自己的错误，但那个时候的我财产殆尽，眼看就要陷入绝境了。

　　·我不知道在这芬芳扑鼻、沁人心脾的林荫下面睡了多久，总之，我醒来时四周一片寂静，一点儿声音都没有，那些旅客也无影无踪了。

　　·这个怪物的一双眼睛向外冒着火，张着血盆大口，龇牙咧嘴，胸前垂着它的双唇，耳朵大如蒲扇，搭在肩上，呼扇呼扇的。

　　·我每天逍遥自在、恣意享受，早已经把旅途中遭遇的惊险抛到脑后了。人的欲望是无止境的。

　　·当时我已经有点儿醉了，兴高采烈的我背着他在树林里狂奔，还一边打着拍子，一边唱歌跳舞。

　·狂风呼啸，海中的波浪奔腾着。突然，一个海浪朝我们扑来，船被掀了起来，朝一块暗礁撞去，船立刻被撞碎，所有乘客和货物都掉入了海中。

思考练习

1. 辛巴达经常出海的原因是什么？
2. 辛巴达遇到危险时为什么总能化险为夷呢？
3. 除了金钱，辛巴达从七次航海历险中还收获了什么？

辉夜姬的故事

这是一个古代日本的美丽神话故事。一位老翁在竹子中意外发现了一个会发光的漂亮女孩儿，取名辉夜姬。辉夜姬长大后成了名动四方的美人，无数人向她求婚，但辉夜姬总是能想方设法拒绝。辉夜姬是怎样拒绝求婚者的？她的身世有怎样的秘密呢？

很久以前，有一位老翁以伐竹、做竹制家具生意为生，大家都叫他竹取翁。竹取翁没有子女，日子贫穷又凄凉。这一天，竹取翁像往常一样出门砍竹子，突然看到竹林某处发出了柔和的光芒，仿佛月亮在竹林中升起一般。竹取翁走近一看，发现这光是从一根竹子里散发出来的。竹取翁走上前去，看到自己过去砍过的半截竹子中躺着一个小小的女孩儿。女孩儿虽然只有三寸高，但模样极为俊美。

"你出现在我劳作的竹林里，一定是我的孩子。"说完，竹取翁便捧起这个小小的人儿回了家，将她交给了妻子。妻子也高兴极了，将这个娇小的美人儿养在一个篮子里，对她百般呵护。

后来又有好事发生了：竹取翁第二天又去砍竹子，竟然看到竹筒里全都是金子。他也顾不上砍竹子了，拿上金子就回了家。过了一天，他又在一棵竹子的切口处发现了宝石。这样一来，竹取翁慢慢富裕起来了，他盖了一座豪宅，成了远近闻名的富人。

在竹取翁妻子的精心抚养下，小女儿飞快地长大了，不过三个月，她就成了一位亭亭玉立的少女。她的养母每天精心为她梳妆打扮，给她穿上最华丽的和服，把她打扮得像天仙一样。更神奇的是，她的身上持续不断地发出像月光一样柔和的光芒，竹取翁和妻子每次遇到烦心事，一看到这光芒，心情就会好起来。女儿渐渐长大了，竹取翁就请一位教书先生为女儿取名。先生看到他女儿那仙人一般的容貌和神奇的光芒后，为她取了一个美丽的名字，叫作"辉夜姬"，意为"闪耀的月光公主"。

为了防止辉夜姬的美貌惹来麻烦，养母不让辉夜姬随意出门，常常让她躲在屏风后面。但还是有不少人见过她，每个见过她的人都发自内心地认为她是自己见过的最美的人，任何美人在她旁边都会黯然失色。这位美人的美名很快传遍全国，无数追求者来到这里，想要赢得她的芳心，哪怕只是一睹芳颜也好。但是他们全都被竹取翁挡在了门外，因为辉夜姬并不想见他们。这些人不甘心就此回去，他们在竹取翁家的房子上挖了一个个小洞，希望能看辉夜姬一眼，有的人甚至没日没夜地守在那里，但是他们全都大失所望。

名师点评

这五个贵人都家境优裕，所以能够比寻常的追求者待得更久。同时，作者也含蓄地点出了他们沉湎美色、不理政务的荒唐。

最终，大多数追求者意识到再坚持下去没有任何意义，于是纷纷打道回府了。但是，有五个位高权重又极其好色的人还是留下来了。他们就是石作皇子、库持皇子、右大臣、大纳言和中纳言，这五个人只要听到哪里有美人，就一定会前去一睹为快。这次听到辉夜姬的美名，更是恨不得立即将她据为己有。他们整日冥思苦想，连饭都不好好吃，始终在竹取翁家附近徘徊，不管晴天还是雨天，他们都不肯离开。他们不断给辉夜姬写信，但从来都得不到回信；有时候他们还会写几首诗送给辉夜姬，这些诗的结局当然也是石沉大海，毫无结果。

就这样，他们一直在那里等了好几个月。竹取翁终于看不下去了，他认真倾听了他们爱的告白，随后来到辉夜姬身边说道："我可爱的女儿啊，我知道你是神仙转世。虽然我不是你的亲生父亲，但我一直拿你当亲生女儿看待。你能听我一句话吗？"

辉夜姬连忙说道："亲爱的父亲，我不知道自己是不是神仙转世，我只知道您就是我的亲生父亲，您说什么我都会听的。"

竹取翁非常高兴，但他很快又语气低沉地说道："女儿啊，我已经是七十多岁的老头子了，等我离开这个世界后，谁来照顾你呢？一直在门外徘徊的五位大人对你如此痴情，你嫁给他们其中一位，肯定错不了，我也就能安心地离开了。"

"哎，"辉夜姬痛苦地回答，"我现在根本不想结婚。但是既然父亲您说得这么诚恳，我也无话可说。但是，我对那五个人都不了解，怎么知道他们是不是<u>轻浮</u>之辈呢？"

"那怎么办呢？"

"这样吧，父亲您帮我传达一下，让五位大人去不同的遥远国度，各自为我找来一件东西。谁最先找到，谁就是最诚心的人，我就会嫁给他。"

竹取翁立刻出去，将辉夜姬的话告诉了五个追求者，他们也觉得这是一个好主意，于是立刻应允了。竹取翁又回屋告诉了辉夜姬，辉夜姬就说："请您对石作皇子说，让他去天竺取来佛祖的石钵；对库持皇子说，让他去蓬莱山取来玉树上的玉枝；对右大臣说，请他去中国取来火鼠裘；对大纳言说，请他取来龙头上那颗光芒四射的玉石；对中纳言说，请他取来燕子产卵时用的安产贝。"

竹取翁一听，连连摇头："你说的这些都不是国内所有的东西，太难了，我该怎么传达呢？"

但是辉夜姬不肯改口，竹取翁只好出来对五个人说了。这些贵人一听，纷纷说道："出这样的难题，还不如直接告诉我们'请你们不要在附近徘徊了'呢！"

于是，他们绝望地回到了家，竹取翁也非常失望。但是，没过多久，五个人对辉夜姬的热情又高涨起来了。于是，石作皇子派人对竹取翁说，自己就要动身去天竺了。但是，他走到奈良县就停了下来，在一所寺院里找到了一个石钵，悄悄带回来。三年后，他假装刚从天竺回来，将石钵送给辉夜姬看。辉夜姬把石钵从锦囊里拿出来，却发现它连

📝 词语在线

轻浮：言语举动随便，不严肃，不庄重。

萤火一般的光都发不出来，立刻明白这是一个假货，于是把石钵退了回去，拒绝见石作皇子。石作皇子只得扔掉石钵，万念俱灰地回家了。

库持皇子很有心计，他向朝廷请假说去温泉疗养，实际上却来到了辉夜姬家，宣告自己要去海边的筑紫国，从那里出发去找蓬莱山。实际上，三天后他就悄悄回来了，雇人给自己修了一座房子，不许任何人进去，只有他自己和六个手艺娴熟的宝石匠住在里面。一千天的时间里，他们费尽心思地做了一根看起来无比精美的玉枝。之后，他便把玉枝装进精美的漆盒，装作风尘仆仆地赶到辉夜姬家，让竹取翁把玉枝拿给辉夜姬看。辉夜姬看着这精美、纤细的玉枝，陷入了沉思。她要玉枝原本就是想让库持皇子知难而退，没想到皇子真的拿回了玉枝，这该怎么办呢？竹取翁在一边催促她出去见库持皇子，把婚约定下来。库持皇子则得意扬扬地在走廊中吹嘘自己是如何找到玉枝的。他说自己乘船在东海航行时，遇到了无数次狂风暴雨，碰到了很多妖魔怪兽，几次险些丧命。就这样，他在海上漂了五百天之久，终于看到了美丽的蓬莱山，还见到了山上的仙女。在仙女的指点下，他爬上山顶，在一棵金色的树上折下了这根玉枝，之后来不及欣赏山景就上了船，又航行了四百天才回到这里。这番艰苦的经历，让竹取翁感动万分，辉夜姬也找不到任何拒绝的理由，库持皇子的计谋眼看就要大功告成了。这时候，那六个受雇做玉枝的宝石匠来到了这里，找库持皇子讨要工钱。他们还写了一封请愿书，说他们花费了一千天来制作精美的玉枝，却一分报酬都没收到。辉夜姬看到请愿书，喜笑颜开，让父亲把玉枝退了回去。库持皇子尴尬地掩面溜出了辉夜姬家，就此躲进深山，再也没有出来。辉夜姬则把工匠们叫进去，给了他们一大笔钱，感谢他们帮助自己摆脱了一个奸诈小人。

右大臣家境十分富裕，他给一个常来日本进行贸易的中国朋友写了信，请他帮忙买火鼠裘。但是，中国并没有这种东西，所以右大臣的朋友趁着贸易之便四处打听。就这样过了三年，右大臣终于收到了朋友的信，朋友说自己花重金终于买到了火鼠裘，已经委托贸易船带给右大臣，并向右大臣索要买裘所用的五十两黄金。右大臣看到华丽无双的火鼠裘，高兴地付了钱，然后立即来见辉夜姬。竹取翁从右大臣那里接过装着火鼠裘的盒子进去，劝辉夜姬去见见右大臣，辉夜姬依然拒绝了，她让父亲把火鼠裘扔进火里检验一下，真的火鼠裘是不会烧着的。竹取翁照做了，那张"火鼠裘"立即发出噼噼啪啪的声音，不一会儿就烧成了灰烬。右大臣也只能黯然神伤地回家了。

再说大纳言，他回到家中就将家臣、仆人都召集起来，说："谁能把龙头上那颗璀璨的玉石献给我，要什么我给他什么。"大家一听，都觉得他在胡言乱语，世上哪有什么龙首之玉呢？但是他们稍微一质疑，就遭到大纳言的叱骂，说如果他们拿不到就别回来了。众多家臣和仆人朝着不同的方向出发了，但他们并不是去完成那个不可能的命令，而是去了自己想去的地方。大纳言却不知道，还将自己的房子精心装饰了一遍，甚至将自己的妻妾都休了，一心等着家臣、仆人拿回龙首之玉好与辉夜姬成婚。但是他苦苦等了一年，依然没有人带回龙首之玉。于是，大纳言带着仅剩的两个仆人，雇了艘船，命令船长出发去找龙。刚出海几天就遇上了一场暴风雨，他们的船被风吹到了播磨国的海岸。长时间的折腾让大纳言筋疲力尽，他感染了风寒，腹部肿胀，两只眼睛肿得像李子一样，见到的人无不暗暗嘲笑他。大纳言回到家后，他的家臣、仆人也都回来了，大纳言不仅没有惩罚他们，还说："幸好你们没有找到龙首之玉，否则我一定会遭到龙神的惩罚。一定是辉夜姬这个恶毒的女人想害死我，我以后再也不会去她那里了。"被他休了的妻妾听说了这件事，一个个笑破了肚皮，庆幸离开了这个糊涂蛋。

中纳言被要求找的东西看起来是最简单的，他回到家后就对仆人们说："燕子筑巢时你们一定要向我禀告，我要找燕子的安产贝。"仆人建议他到衙门的梁上去看看，说不定那里面就有。中纳言大喜，带着二十个男仆到衙门的梁下搭起了脚手架，让仆人爬上去守候。但是燕子看到人，根本不敢回窝里产卵。后来有一个老人帮他出了一个主意，让他在梁上设置一个滑车，看到燕子产卵就让一个人坐在篮子里吊上去，就能拿到安产贝了。中纳言照做了，但是燕子几次产卵，仆人都没有摸到安产贝。中纳言大怒，这时恰巧有一只燕子在产卵，他自己坐进篮子，让仆人把自己吊上去，在燕巢里摸到了一块扁平的东西。中纳言高兴地大喊："我

✏ 名师点评

大纳言的行为鲁莽而滑稽，作者借助这一人物形象对当时上流社会的人物进行了辛辣的讽刺。

✏ 词语在线

滑车：原指绳子或链条顺次绕过几个滑轮所组成的简单起重牵引装置，现泛指简单的吊挂式起重机械。

拿到安产贝了，快放我下去。"他由于太过激动而身体晃动，竟然导致吊着篮子的绳子断了。中纳言"哎哟"一声，从高高的房梁摔到了地上，当即两眼翻白，僵直不动了。人们七手八脚地将他抬进屋里，喂了几口水才醒过来，但他腰部还是无法动弹。他顾不得疼痛，连忙抬起手去看自己找到的"宝贝"，竟然是一块干了的燕粪。中纳言担心这件儿戏一般的事遭到世人的耻笑，悔恨不已，身体日益虚弱，竟然就这样去世了。

这五位贵人的遭遇，终于传到了天皇的耳朵里。天皇出于好奇，派自己的内侍女官去看看这位辉夜姬到底是一个怎样的女子。女官奉命来到竹取翁的家里，请求见辉夜姬一面。但是辉夜姬说自己容貌丑陋，不想见皇上的使者。女官坚持见她，说："见不到她，我就无法交差。你们是天皇国土内的臣民，能不听皇上的口谕吗？"辉夜姬却倔强地说："如果说我违背了皇上的口谕，就请他杀了我吧！"

女官只得回去禀报天皇，说辉夜姬不愿遵从传召。天皇对这个倔强的女孩子更好奇了，于是他招来竹取翁，说："你把这个女孩子送进宫来，朕封你一个五位官职。"竹取翁兴高采烈地回家了，没想到辉夜姬的态度非常坚决，她表示自己绝对不会进宫，如果父亲想用她换取官职，她宁肯一死了之。竹取翁连忙进宫将辉夜姬的意思说了。天皇无奈，于是借打猎为名来到竹取翁家附近，想亲眼看看辉夜姬。竹取翁对天皇说："明天陛下不要带太多侍从，趁辉夜姬悠闲地在家中时突然驾临，就能看到她了。"

名师点评

即使面对天皇的使者，辉夜姬依然能坚持己见，显示了她不惧权贵的崇高品格。

天皇照做了，他果然看到了辉夜姬的脸，那是他从没有见过的美丽的脸。辉夜姬一看到陌生人，连忙掩住脸往内室躲，天皇却一把抓住了她，想要让她做自己的妃子。辉夜姬自然不答应，天皇就想直接将她拉到自己的车辇中。没想到辉夜姬突然凭空消失了，天皇这才相信她果然不是凡人，于是说："朕不带你回去了，你就让朕再看你一眼吧。"话音刚落，辉夜姬又出现了。天皇知道自己带不走辉夜姬，于是作诗说："回到空辇愁满怀，只因美人不理睬。"辉夜姬答道："棚屋茅舍乐常住，琼楼玉宇不羡慕。"天皇知道自己也没有指望了，只得悻悻回宫。从此，他觉得身边的女人都黯淡无光，只是日日夜夜思念着辉夜姬。他给辉夜姬写了许多书信和诗歌，辉夜姬也一一回复了，就这样又过了三年。

✎ 名师点评

辉夜姬的答歌表达了她不慕名利的淡泊情怀，令人敬佩。

在一个晴朗的春夜，辉夜姬突然盯着月亮沉思起来，她的神情非常悲切。她的父母连忙问她怎么了，辉夜姬回答说："不知道为什么，我一看到月亮，就对自己的人生产生无尽的不安和哀伤，会不由自主地叹息。"

这一年的八月十五就要到了，一天，圆圆的月亮出来了，辉夜姬突然伤心地哭了起来。竹取翁和妻子连忙问她怎么了，辉夜姬抽泣着说："亲爱的父亲、母亲，有一句话我早想告诉你们了，但又怕说出来让二老伤心。其实，我不属于这个世界，我是来自月宫的人，那里有我的亲生父母。今年的八月十五，月宫就会派人来接我了，我是非回去不可的。想到要永远离开二老，我怎能不伤心呢？"

她的养父母悲痛欲绝，他们怎么舍得离开这个美丽善良的女儿呢？两个老人愁得吃不下、睡不着。竹取翁突然想到了一个主意，他去拜见天皇，请天皇在八月十五这天派一队士兵看守宅子，不让月宫的使者带走辉夜姬。天皇毫不犹豫地派出了由两千名战士组成的队伍，他们都是优秀的弓箭手，其中一千名战士驻扎在屋顶，另一千名战士看守着宅子的各个入口。同时，竹取翁和妻子将辉夜姬藏在了里屋。辉夜姬看着忙碌的人们，伤心地对父亲说："你们做的这些都是徒劳，人哪能对抗得了神仙呢？"

终于，八月十五的夜幕降临了！一轮满月升上了天空，将大地照得亮如白昼。整个宅子里的人以及看守的士兵们都没有睡，等待着月宫里的使者。紧张到了极点的竹取翁浑身颤抖着说："要是那些抢我女儿的人来了，我就用指甲挖他们的眼睛，揪住他们的头发让他们摔个倒栽葱，扒下他们的裤子，让他们当众出丑。"

辉夜姬说："请父亲不要如此气愤了，是我辜负了你们的养育之恩。这些日子，月亮一出来我就到走廊祈愿，哪怕让我待到年底也好，却不被允许。月宫里的人都非常美丽，而且永葆青春，我却不想到那里去，因为一想到要离开两位年迈的亲人，我就既悲伤又不舍。"话还没有说完，眼泪就喷涌而出了。

很快，子夜到了，竹取翁家四周突然光芒四射，显得比白天还明亮。这时，天空中突然出现了很多腾云驾雾的天人，一直到离地面五尺高的地方停住了。那些天人装束华丽，容貌俊美无比，云中还有一辆华丽的飞车。那两千名士

词语在线

徒劳：无益地耗费力气。

兵都像着了魔一样浑身无力，即便勉强把箭射出去，也不知道落到了哪里。

天人中一个王者模样的人说道："造麻吕，你到这里来。"造麻吕是竹取翁的名字，刚才还火冒三丈的他现在却像喝醉了一样走上前去，拜伏在地上。那名天人说："造麻吕，你为何如此幼稚？我念你心地善良，才让你成为富翁，让犯了一些罪过的辉夜姬暂时降临在这个地方。现在她的罪孽已经洗清了，你快把她交给我带走吧。"

竹取翁说："我家的辉夜姬已经在我家里生活了二十余年，她并不是暂住的，而是我的女儿，你说的应该是别人。再说她现在生了重病，没法出来。"

天人不理会他，让飞车落到竹取翁家的屋顶上，说道："辉夜姬，从这破宅子里出来吧。这个简陋的地方不是你该待的。"

话音刚落，辉夜姬房间的屏风就自动滑开了，母亲原本紧紧抱着她的手也不由自主地松开了，辉夜姬从屋里走了出来。辉夜姬走到父亲身边，说："我不得不走了，恳请二老目送我升天吧。"

竹取翁说："我已经悲痛欲绝，怎么目送你升天？不如把我一起带走吧！"辉夜姬对泪流满面的养父母说："以后每逢明月当空，请二老看看月亮吧。"

这时，一个天人拿着一个箱子和一个盒子轻轻落到了地上，箱子里装的是天之羽衣，盒子里则是一把装着不死药的小壶。这个天人说："辉夜姬吃了很多不洁之地的食物，这药是帮她清理的。"辉夜姬接过药吃了一些，想把剩下的药和自己脱下的衣服一起送给竹取翁，但是被天人阻止了，说不死药对无福消受的人来说就是毒药。这时，天人已经不耐烦了，辉夜姬又给天皇写了一封信，请天皇原谅自己的无礼，又把剩下的不死药和信放在了一起，交给了统领弓箭手的中将，请他转交天皇。辉夜姬本还想对养父母说些什么，那个天人忽然将天之羽衣披到了她身上。辉夜姬一下子丧失了一切人间的情感和记忆，飘起来进入飞车，天人们拉着车子升天了。

伤心欲绝的竹取翁和妻子很快病倒了，竹取翁不肯服药，不久就去世了。天皇得到不死药和辉夜姬的信，感叹地吟道："不能再会辉夜姬，不死灵药有何益。"吟罢便派人将这首歌和不死药的壶一起放到骏河国的一座山上烧掉了。从此以后，这座山就叫作富士山（"富士"在日语中与"不死"读音相近）。山顶上的烟直冲云霄，至今也没有断绝，直到今天，人们还总能看到有烟雾从富士山顶飘到云端。

名师点评

穿上天人的羽衣就会失去一切人间的情感和记忆，难怪辉夜姬对回月宫如此抵触。这里用反衬手法体现出虽然时间短暂，但是温暖又精彩的人间生活是多么美好。

品读赏析

辉夜姬因犯错被暂时贬到人间，却体会到了人间感情的美好。她美丽、善良而又坚强、勇敢，不仅用计谋拒绝了五个贵人的求婚，连天皇的求婚都被她拒绝了。虽然最终她不得不回到冷冰冰的月宫，但是她短暂的人间生活却精彩纷呈，她与竹取翁夫妇的故事也让我们感受到了人间的温暖。

呵护　一睹为快　轻浮　万念俱灰　喜笑颜开　悻悻徒劳

·这一天，竹取翁像往常一样出门砍竹子，突然看到竹林某处发出了柔和的光芒，仿佛月亮在竹林中升起一般。

·她的养母每天精心为她梳妆打扮，给她穿上最华丽的和服，把她打扮得像天仙一样。

·天皇知道自己带不走辉夜姬，于是作诗说："回到空辇愁满怀，只因美人不理睬。"辉夜姬答道："棚屋茅舍乐常住，琼楼玉宇不羡慕。"

·紧张到了极点的竹取翁浑身颤抖着说："要是那些抢我女儿的人来了，我就用指甲挖他们的眼睛，揪住他们的头发让他们摔个倒栽葱，扒下他们的裤子，让他们当众出丑。"

·山顶上的烟直冲云霄，至今也没有断绝，直到今天，人们还总能看到有烟雾从富士山顶飘到云端。

思考练习

1. 故事用了哪些手法来刻画辉夜姬的美貌？

2. 辉夜姬为什么不愿意回到月宫呢？

3. 你觉得辉夜姬有哪些可贵的品质？

勇敢的桃太郎

有一对贫穷的老夫妻，在一个神奇的大桃子中得到了一个小男孩，取名桃太郎。桃太郎很快长大了，他得知鬼岛的恶鬼到处抢劫，决定去讨伐它们。桃太郎能够成功吗？一起去文中看一看吧。

很久以前，有一个村子里生活着一个老爷爷和一个老奶奶。老爷爷靠上山砍柴赚一点儿钱，老奶奶每天不是在自己那一小块稻田里劳作，就是辛勤地收拾家务。

这一天，老爷爷又上山砍柴去了，老奶奶就拿了一堆衣服到河边去洗。她把衣服一件一件从篮子里拿出来，放在河水里漂一下，再拿到石头上搓洗。正洗着呢，她突然看到上游忽忽悠悠漂下一个大桃子。她活了六十岁，还从未见过这么大的桃子，不由得停下手中的活儿，看着这个大桃子。

"这么大的桃子，肯定非常美味！"她自言自语道，"我要把它拿回家，跟老头子一块儿吃。"

她伸长手臂去够桃子，发现桃子离得太远了，附近也没有树枝之类的东西。如果去远处找树枝，只怕桃子就要漂走了。老奶奶觉得自己只能眼睁睁地看着桃子溜走了，非常着急，嘴里念念有词：

念念有词：
①旧时迷信的人小声念咒语或说祈祷的话。
②指人不停地自言自语。

心急火燎：
心里急得像火烧一样，形容非常着急。也说心急如焚、心急如火。

> "甜桃子，就过来；
> 　苦桃子，就走开。"

没想到，大桃子真的慢悠悠地朝她漂了过来。老奶奶捞起桃子，高兴得没心思干活儿了，她把衣服扔回竹篮中背起来，双手抱着大桃子回家了。路上，她盘算着这么大的桃子够两个人吃几天了，而且这个桃子肯定非常甜。到了家里，把桃子放好，她就开始等老头子回来。老爷爷没多大会儿就砍完柴回家了，但她却觉得像过了很久似的。

一听到老爷爷放下柴的声音，老奶奶就冲出房门喊道："老头子，你怎么才回来？"

老爷爷觉得很奇怪，他今天很轻松就砍好了柴，比往常回来得还早呢。于是他问道："老太婆，出了什么事让你这么心急火燎的？"

"没出什么事，"老奶奶答道，"我只是想让你看一样好东西。"

"我们又没钱，能有什么好东西？"老爷爷嘟囔着走进房间，一眼就看到了桌子上的那个大桃子，非常惊讶。

老奶奶得意地问道："你这辈子见过这么大的桃子吗？"

老爷爷坦率地说道："没有，这真是我平生见过的最大的桃子了！你在哪里买的？"

"不是买的，是我从河里捞的。你肯定饿了吧，我们把它切开吃了吧。"说着，她拿来了刀，刀刚碰到桃子，桃子就突然裂成了两半，里面竟然躺着一个又白又胖的小男孩。

老两口别提有多惊喜了，他们膝下无子，这难道是上天赐给他们的孩子？由于男孩是从桃子中出生的，老两口就给他取名"桃太郎"。桃太郎比一般男孩子吃得都多，长得也更快，而且非常聪明。他最喜欢吃的，就是老奶奶做的糯米团子，刚会说话就给这种团子取名"天下第一糯米团子"。

没过多久，桃太郎就长成了一个高大、强壮又英俊的小伙子，他非常勤劳，总是帮助年迈的父母干活儿。这一天，桃太郎正在院子里劈柴，突然听到一只乌鸦唱道：

> "大事不好，大事不妙，
> 一群恶鬼离开了鬼岛。
> 抢走了东村的大米，
> 抢走了西村的牧草，
> 抢走了城中的公主，
> 马上就抢到这里了。"

桃太郎一听，义愤填膺（yīng），立刻走进屋里，对着父母跪下了。老两口吓了一跳，连忙问他怎么了。桃太郎说："孩儿还没有报答二老的养育之恩，非常惭愧。但现在，我必须去讨伐恶鬼，否则它们一定会危害到我们这个村子的！"

对于桃太郎的勇敢，二老非常高兴，但他虽然高大强

词语在线

义愤填膺：胸中充满义愤。

壮，却不过是个不到二十岁的孩子，两位老人很不放心。老爷爷说："你有为民除害的想法，我非常高兴，但你怎么能打得过恶鬼呢？我俩年事已高，可不能失去你了。"

桃太郎说："请父亲放心，孩儿一定会平安回来的！"

两个老人看他心意已决，就说道："好吧，既然你执意要去，我们就不拦你了。毕竟你并不是普通的孩子，我们只能在家里为你祈祷。我们需要为你准备些什么吗？"

"我不会离开太久的，请父亲去镇上帮我买一把刀，再请母亲给我做一些天下第一糯米团子就够了。"

老爷爷和老奶奶立马忙活起来。老爷爷去镇上买来了一把最好的刀，为了给儿子鼓劲儿，他还让裁缝做了一面写着"天下第一桃太郎"的战旗一起带回了家。老奶奶则在灶房的石臼里舂米，给桃太郎做了满满一包裹的糯米团子。

第二天早上，桃太郎在两位眼含热泪的老人的祝福声中出发了。为了不让自己动摇，他头也不回地一直走到中午才停下，坐在一棵树下拿出团子吃了起来。这时，一只像小马驹一样大的白狗跑了过来，它看了看桃太郎的旗子，说道："桃太郎，你吃的是什么？"

桃太郎说："是我妈妈做的天下第一糯米团子，谁吃了谁的力量就会增长十倍。"

"能给我吃一个吗？"

<u>"给你。"桃太郎是个慷慨的人。</u>

"谢谢你，真好吃！你要去哪里呀？"白狗吃完后问道。

"我要去讨伐恶鬼，为民除害。"

"我能跟你一起去吗？"

"当然可以。"

桃太郎和白狗继续往前走。他们翻山越岭，走了很久。在走过一条山路时，一只猴子突然从树上跳了下来。猴子看到了桃太郎的旗子，于是说道："桃太郎，我现在非常饿，你包裹里的团子能不能给我吃一个呀？"

桃太郎说："当然可以，给你！"

说着，他拿出一个团子递给了猴子，猴子吃了之后立刻精神百倍，于是说道："太谢谢你了，这真是我吃过的最美味的东西。请问你们要去哪儿呢？"

白狗说："我们要去讨伐恶鬼。"

"能带我一起去吗？"猴子诚恳地问道，"我想我一定能帮上忙。"

就这样，猴子加入了桃太郎的队伍。这两只动物都非常淘气，一路上打打闹闹的。桃太郎灵机一动，让白狗叼着战旗走在前面，让猴子拿着刀跟在后头，这样果然清静了不少。不久，他们来到了一片宽广的田野，一只长着五颜六色的羽毛的雉鸡飞了过来，落在桃太郎的身边。雉鸡看了看白狗叼着的旗子，说道："桃太郎，我现在非常饿，你能给我吃一个团子吗？"

桃太郎看着这只漂亮的鸟儿，非常喜爱，立即回答："当然可以。"他掏出一个糯米团子递到雉鸡嘴边。雉鸡很快吃完了团子，感叹道："这真是能让人力量倍增的团子啊。请问你们要去哪里啊？"

猴子说："我们要去讨伐凶残的恶鬼。"

"我能加入你们吗？"雉鸡问。

白狗说："算了吧，你这只小小的鸟儿去给恶鬼当午餐吗？"猴子听了，立刻笑得合不拢嘴。

桃太郎却回答："可爱的鸟儿，如果你不害怕恶鬼的话，可以加入我们。"

雉鸡表示自己一点儿都不害怕，于是它也成了桃太郎队伍中的一员。这个讨鬼小队日夜兼程地赶路，终于来到了海岸边。平静的海面一望无际，根本看不到岛的影子。这几位勇士面面相觑（qù）——他们不知道该到哪里去找鬼岛。

他们开了一个小小的会议，聪明的猴子认为应该找一位在海上打鱼的渔民借一条船，顺便让渔民告诉他们如何去鬼岛。桃太郎立刻接受了这个建议，他们沿着海岸走了几里路，果然看到了一个渔民的窝棚，窝棚边拴着一只小船。桃太郎走进窝棚，看到了一位跟他父亲年纪差不多的老渔民。桃太郎说："您好啊，老伯伯。"

老渔民看到这个漂亮又有礼貌的年轻人，也非常高兴。他看了一眼桃太郎身边的动物，回答说："你好啊，孩子。你是想向我推销这些动物吗？不好意思，我已经很久不敢出海捕鱼了，没钱买。"

桃太郎连忙说："老伯伯，您误会了，它们是我的同伴。我们想去鬼岛讨伐恶鬼，所以想借您的渔船一用，顺便请您为我们指点去鬼岛的路。"

老渔民一听，吓了一跳，连忙摇着手说："孩子，别说这种傻话，那些鬼凶恶得很，它们身材高大，浑身火红，头上长着长长的角，你们几个还不够它们一顿饭呢。"

桃太郎说："老伯伯，您有所不知，我是'天下第一桃太郎'，我的伙伴们也是非常强大的，我们肯定能杀死恶鬼，为你们铲除这些祸害的。"

老渔民看了看强壮、自信的桃太郎，觉得这个孩子没准儿真能讨伐恶鬼、拯救附近的居民。于是，他高兴地说："好吧，勇敢的桃太郎，我的渔船就在门外，你们尽管用。来，我来给你们指去往鬼岛的路。"

在老渔民的指点下，桃太郎和伙伴们全都上了船，有手的桃太郎和猴子负责划桨，雉鸡站在船首导航，可怜的白狗见自己帮不上忙，非常愧疚，就积极地给大家递食物和水，忙得不可开交。这是他们第一次出海，所以刚开始海浪和小船的摇晃把他们吓坏了，但他们很快适应了。因为顺风，另外也没遇上暴风雨，船儿行驶得非常快。几天之后，船头的雉鸡终于发现了一座小岛的踪影。

在雉鸡的惊叫声中，大家纷纷拥到船头，一眼看出这座岛就是鬼岛，因为整座岛乌烟瘴气，一看就非常恐怖。眼看大家有点儿胆怯了，桃太郎说："我们都是为民除害的勇士，岛上的是一些多行不义的坏蛋。应该是坏蛋害怕勇士，哪有勇士害怕坏蛋的？"伙伴们一下振奋起来。没多久，船靠了岸，大家看到了一座坚固的城堡，城堡的大门紧闭着，怎么推都推不开。他们在大门前大喊大叫，也没有得到任何回应，看来这里并没有守门人。这下该怎么办呢？

这时，聪明的猴子又想了一个主意："让雉鸡老弟带着我飞起来，把我放到大门顶上，我就可以爬下去打开大门了。"大家一致称妙。每天吃着天下第一糯米团子的雉鸡力大无比，立刻抓起猴子飞到了大门顶上，猴子则灵活地爬了下去。没多久，大门打开了，桃太郎举起刀，白狗叼起旗子，伙伴们一起呐喊着冲了进去。

直到他们冲到了恶鬼们居住的地方附近，这些额上长角、有一头乱蓬蓬的红发的恶鬼才有所察觉，于是立刻拿着狼牙棒跑了出来。当它们看到冲进来的是一个小鬼、一只白狗、一只猴子、一只雉鸡时，立刻哈哈大笑起来。为首的恶鬼说道："你们这些弱小的家伙，是来送死的吗？"

桃太郎拿出最后四个糯米团子，给三个伙伴各分了一个，自己吃了一个，大家立刻增长了十倍力量。于是桃太郎高高举起刀向恶鬼首领冲了过去，伙伴们也冲向了各自的对手。恶鬼首领根本看不起眼前这个男孩子，举起狼牙棒就狠狠砸向他，但是灵活的桃太郎很轻易地躲开了，并趁势给了恶鬼首领一刀。恶鬼首领受了伤，愤怒地胡乱挥舞起狼牙棒，但换来的是一道又一道伤口。很快，它连狼牙棒都拿不住了，捂着脑袋躺在地上求饶。

与此同时，桃太郎的伙伴们也取得了辉煌的战果：雉鸡的对手拿着大铁棒追着它，企图把飞在头顶上方的雉鸡打下来。雉鸡飞到一边，躲过一击，然后敏捷地攻击着恶鬼们的脑袋和眼睛。它绕着恶鬼们飞了一圈又一圈，让它们弄不清对付的是一只鸟儿，还是一群鸟儿；白狗则迅捷地奔走在恶鬼群中，咬伤了一个又一个恶鬼的小腿，疼得它们站都站不起来；猴子趁机扑到被雉鸡弄得晕头转向或者被白狗咬伤小腿的恶鬼的脸上，把它们的脸挠得伤痕累累。这下所有恶鬼都开始求饶了，桃太郎一行大获全胜。

恶鬼首领跪在桃太郎面前，说："天下第一的桃太郎，我们打不过你们，情愿献出抢来的所有东西，只求您能放

词语在线

乱蓬蓬：状态词。形容须发或草木凌乱。

名师点评

从这里可以看出，这些所谓的恶鬼，不过是对懒惰成性并以劫掠为生的恶人的艺术化加工，只要它们肯改过自新，就与普通人没有区别了。

我们一条生路。我们以前就是太懒了，今后我们一定改过自新，靠打鱼、种田为生，再也不出去抢劫了。"

桃太郎大声说道："希望你记住你的誓言，约束你的部下，否则我们下次攻过来，就会把你们全部杀死！"

恶鬼们纷纷表示："我们再也不敢了，肯定会弃恶从善的。"

桃太郎说："我就信你们一次，你们抢来的公主呢？交出来！"

恶鬼们一瘸一拐地打开了城堡内的一扇房门，把里面的公主和抢来的其他女子都放了出来。桃太郎找到了城堡内的一艘大船，载上所有人以及恶鬼们抢来的东西，踏上了凯旋的路。

到了岸上，桃太郎把大船送给了那位老渔民，把事情告诉了管理这里的大名。大名看到女儿安然无恙地回来了，非常高兴。他对桃太郎说："好小子，我派出的几支队伍都被恶鬼打败了，没想到你竟然成功打败了它们。我想把我的女儿嫁给你，不知你是否愿意？"

桃太郎说："尊敬的大名，我要先回家请示我的父母。"

大名说："可以，你先回去请示吧。我会派属下将被抢的东西还给原来的主人，这些被抓的女子我也会派人送回她们家中。"

桃太郎高兴地带着三个伙伴往家里走，一路上听到这个消息的人无不向这位小英雄致意。到了家中，桃太郎的父母已经望眼欲穿，得知儿子不仅打败了恶鬼，还被大名选为女婿后，两位老人别提多高兴了，立刻答应了婚事。很快，大名派人将桃太郎一家和三个动物英雄都接入自己的城堡，让桃太郎和公主成了亲，一家人过上了幸福的日子。

📖 **词语在线**

望眼欲穿：快把眼睛望穿了，形容盼望殷切。

品读赏析

　　桃太郎的出生与辉夜姬很相似，他也有奇异的出生方式和极快的生长速度，并和辉夜姬一样有着高尚的品格。桃太郎以百姓安危为己任，他不惧艰险前去讨伐恶鬼，又以自己的慷慨招募到了三位强大的伙伴。经过战斗，终于消灭了恶鬼。桃太郎为民除害，也为自己赢得了幸福的生活。我们要学习桃太郎的自信、勇敢、善良、慷慨，这样才能拥有美好的人生。

写作积累 XIEZUO JILEI

　　念念有词　心急火燎　义愤填膺　慷慨　灵机一动　面面相觑　乱蓬蓬　望眼欲穿

　　·孩儿还没有报答二老的养育之恩，非常惭愧。但现在，我必须去讨伐恶鬼，否则它们一定会危害到我们这个村子的！

　　·这两只动物都非常淘气，一路上打打闹闹的。桃太郎灵机一动，让白狗叼着战旗走在前面，让猴子拿着刀跟在后头，这样果然清静了不少。

思考练习

　　1."桃太郎"这个有趣的名字是怎么来的？

　　2.桃太郎是如何招募到三个伙伴的？他们又是怎样打败恶鬼的？

　　3.桃太郎身上有哪些值得学习的优点？

非 洲

蜘蛛人阿南西的故事

名师导读

    这是一个西非地区的神话故事。从前，世界上所有的故事都属于天神尼阿美，人间充斥着悲伤。于是，蜘蛛人阿南西就想得到天神的故事，将其散播到人间。尼阿美给他出了四个难题，只要他做到了就能得到全部的故事。阿南西能够做到吗？据说人类的智慧也是阿南西带来的，这又是怎么回事呢？

    天神尼阿美是一个巨大的蜘蛛人，天地万物都是他用蜘蛛网织出来的。尼阿美有一个儿子，名叫阿南西，他也是一个蜘蛛人，却生活在大地上。原来，阿南西太淘气了，经常对父亲做恶作剧，所以天神就把他赶到人间，让阿南西和他的母亲——大地女神阿萨西亚一起生活。

    那时候，人间是没有故事的，只有无穷无尽的悲伤。世界上所有的故事都属于尼阿美，尼阿美不想把故事给人间，阿南西就想找天神买这些故事并带到人间。

    打定主意之后，阿南西编织了一张巨大的银线网，从山顶一直连接到天上，顺着网爬到了尼阿美的宫殿里。尼阿美听到阿南西想买自己的故事，哈哈大笑着说："孩子，我的故事太贵了，只怕你买不起。想得到我的故事，你必须给我带来长着锋利牙齿的奥赛博豹、蜇人像火焰一样厉害的姆博洛马蜂、莫阿迪亚的男人从来没见过的仙女，还要将你的母亲、我的妻子阿萨西亚带来，我很久没见到她了。"

尼阿美的要求太难达到了，他觉得阿南西肯定会知难而退。没想到，阿南西自信满满地说："我尊贵的父亲，我很高兴能为您服务。您的要求我都会满足的，希望您能遵守诺言。"

尼阿美听到阿南西的话又笑了，他说："孩子，你做不到的！你不知道奥赛博豹有多厉害，世界上所有的生物都比不上它的速度，它的牙齿能咬碎钢铁；如果被姆博洛马蜂蜇到，即使你是天神的儿子也会立刻死去；而莫阿迪亚的男人从来没见过的仙女，她根本就不会出现在男人面前，你当然也抓不到她；至于你的母亲，她跟我大吵了一架，肯定会赌气不来见我。这样吧，你如果能满足我的要求，我不仅给你我的全部故事，还会将世界上所有的智慧也送给你。"

阿南西说："您等着我的好消息吧。"说完就告别父亲，沿着网回到了人间，先去抓捕奥赛博豹。他跑遍所有的草原，终于看到那头长着锋利牙齿的豹子正在一棵树下休息。

豹子看到阿南西过来，非常开心地说："阿南西，你是来当我的午餐的吗？我正好饿了。"

阿南西说："我很高兴能成为你的午餐。你看，我反正

词语在线

赌气：因为不满意或受指责而任性（行动）。

跑不过你，也打不过你，你要不要实现我的一个心愿，和我玩一个游戏？"

豹子是最喜欢玩游戏的，它立即兴致勃勃地说："好啊，我们玩什么游戏呢？"

"这个游戏非常有趣：我先用树藤绑住你的脚，然后解开。接着，你再用树藤绑住我的脚，然后解开。谁用的时间短，谁就获胜。"阿南西说。

"这个游戏太有趣了！"豹子对自己的速度非常自信，而且它还想到了一个坏主意：轮到自己绑的时候，正好把被绑着的阿南西吃掉。

于是，阿南西找来最结实的树藤，先绑上豹子的两条前腿，接着又绑住它的两条后腿，还顺势往它身上绑了几道。然后，他就把被五花大绑的豹子悬挂到一棵树上，对豹子说："奥赛博，在我解开你之前，你要先跟我去见见天神尼阿美。"

接着，阿南西砍下一片香蕉树的叶子，做成了一个漂亮的小葫芦。他把葫芦挂在腰上，穿越森林来到姆博洛马蜂的家。到了之后，他头顶一片香蕉树叶，在自己身上淋上水，对着姆博洛马蜂的蜂巢喊道："下雨了，下雨了！雨这么大，你要不要进我的葫芦里躲躲，要不然你的翅膀会被淋湿的。"

"太感谢了！"马蜂嗡嗡地说着，然后迅速飞到了阿南西的葫芦里。阿南西立即盖上盖子，对着葫芦说："姆博洛，你可以在里面多躲一会儿，很快我就会带你去见天神尼阿美。"

接着，阿南西利用自己灵活的六只手，迅速刻出一个

🖋 **词语在线**

五花大绑：绑人的一种方法，用绳索套住脖子并绕到背后反剪两臂。

名师点评

阿南西的行为有些莫名其妙，这里引发了读者的好奇心。

木头娃娃，并在木头娃娃身上涂抹了一层胶水，随后将它放在一棵金合欢树下——仙女们都爱在树下跳舞。放好之后，他在娃娃前面放了一碗烤熟的芋头，并将一根树藤系在娃娃的脑袋上，自己拿着树藤的另一端躲到了树后。

没过多久，一个仙女真的来到树下翩翩起舞。这个仙女太美丽了，莫阿迪亚的男人从未见过这么美丽的仙女。仙女跳了一会儿舞，觉得有些饿了，随即就看到了木头娃娃和烤熟的芋头。

"可爱的娃娃，我现在很饿，你能给我一些芋头吃吗？"

听到仙女的话，阿南西连忙拉动树藤，木头娃娃就点了点头。仙女非常开心，她吃光芋头之后，对木头娃娃说："太感谢你了，木头娃娃。"

她连说了好几遍，娃娃却一动不动。仙女有些生气，于是说："木头娃娃，你为什么不回应我呢？"

娃娃继续对仙女不理不睬，仙女就用手去拍它的胳膊，没想到竟然被粘住了。愤怒的仙女说："木头娃娃，你快放开我，否则我就打你一巴掌。"

娃娃依旧沉默，于是仙女在它的脸上又打了一巴掌，同时仙女的另一只手又被粘住了。仙女更生气了，她试图用脚踢木头娃娃。这下可好，仙女的双手和双脚都被胶水粘得结结实实，无法动弹。这时，阿南西从树后走了出来，把仙女也挂到了豹子和马蜂所在的树上。他对仙女说："仙女，请忍耐一下，我马上带你去见天神尼阿美。"

随后，阿南西来到自己的母亲阿萨西亚家里，对她说："母亲，您难道不想见我的父亲吗？"

女神叹了口气说："我想见他，他可不想见我。"

阿南西说："谁说的，父亲也想见您，他让我把您带到天上去见他。"

"真的？"

"当然，我虽然爱骗人，可绝对不会对自己的母亲撒谎。"

名师点评

这句话表现出阿南西对母亲的尊重，他的形象也因此更加惹人喜爱。

接着，阿南西又织出一张银质大网包起豹子、马蜂和仙女，领着母亲来到了天神的宫殿。他对宝座上的尼阿美说："尊敬的父亲，您让我满足您的四个要求来换取故事，我已经全部做到了：这张网里是长着锋利牙齿的奥赛博豹、蜇人像火焰一样厉害的姆博洛马蜂、莫阿迪亚的男人从来没见到过的仙女。当然，我也带来了我的母亲——阿萨西亚，她也非常想见您。"

尼阿美觉得非常惊奇，于是召来自己全部的大臣，说："阿南西满足了我的所有要求，所以我宣布，我要将原本属于我的所有的故事和所有的智慧都赠给阿南西，就让他把它们带到人间的所有角落吧！"

阿南西从父亲的手中拿到了一个包裹和一个陶罐：包裹里装着世界上所有的故事，罐子里则装着世界上所有的智慧。他告别了父亲和母亲，又顺着自己编织的银线网回到了人间。到了村子里，他打开包裹，故事霎（shà）时间飞到了世界上的每个角落。从此，悲伤的人们得到故事，就能够获得欢乐。

词语在线

霎时间：极短时间。也说霎时。

但是，阿南西却不肯打开罐子让智慧飞出去，因为他觉得自己是世界上最聪明的人，他会耕地、造桥、铺路、织布……他想让这些本领只属于自己。于是，阿南西决定把罐子藏起来，只有自己能用。

藏在哪里好呢？他想了很多地方，最终决定将罐子藏到一棵高大的树上，这样就没有人能找到了。于是，他开始抱着罐子往树上爬。但是，罐子太大了，他抱着罐子根本没法爬树。就这样，他在树下比画来、比画去，怎么也想不到该如何带着罐子爬到树上。

这时，阿南西的儿子英吉古梅刚好路过，看到父亲把陶罐抱在怀里，怎么也无法爬上树，于是他大声说："父亲，我可以给您出个主意。"

阿南西吓了一跳，没想到儿子会在这里，他可不想让儿子分享自己的智慧，于是斥责儿子说："没你的事儿，赶快回家去吧。"

英吉古梅回答说："父亲，您怎么能这么说呢？我是真的想帮您。您抱着陶罐，当然没法爬树了，您应该把它背在背上，那样就能轻松地爬上去了。"

名师点评

从这里可以看出，虽然阿南西的罐子里有很多智慧，但是人类的智慧并非全在罐子里，这样的情节很有深意，耐人寻味。

阿南西试了试，果然轻松地爬上了树。他并没有往树顶爬，而是坐在树杈上看着儿子，觉得非常尴尬："自己拿着满满一罐智慧，却不知道怎么爬树！"

阿南西越想越气，于是从背后取下罐子，狠狠地往树下一扔，罐子立即碎了。里面的智慧展开翅膀往四面八方飞去。附近的人听到声响跑了过来，有的人跑得快，他们得到的智慧就比较多，就成了智者；有的人迟到了，得到了很少的智慧，他们不过是普通人；还有的人太懒了，听到声音也不想动，就成了傻瓜。所以老人们说："智慧到处都有，但不是每个人都有。"

品读赏析

尼阿美是西非的阿散蒂人信仰的最高天神，阿南西是他一个"不成器"的儿子。阿南西原本被视为日月的创造者，后来却成为民间故事中爱通过耍小聪明来占便宜的骗子形象。但在这个故事中，阿南西大体上还保持着正面形象，他用自己的聪明满足了天神苛刻的要求，并让故事和智慧散播到四方，给人类造福。他善于开动脑筋解决困难，这一点值得我们学习。

写作积累 XIEZUO JILEI

无穷无尽　赌气　五花大绑　霎时间

·那时候，人间是没有故事的，只有无穷无尽的悲伤。

·当然，我虽然爱骗人，可绝对不会对自己的母亲撒谎。

·到了村子里，他打开包裹，故事霎时间飞到了世界上的每个角落。从此，悲伤的人们得到故事，就能够获得欢乐。

·智慧到处都有，但不是每个人都有。

思考练习

1.用自己的话简述阿南西是如何抓到豹子、马蜂和仙女的。

2.阿南西拥有智慧罐却不知道如何爬树，说明了什么？

3.读完这篇故事，你觉得阿南西是一个怎样的人？

胆小的王子

••• 名师导读 •••

　　这是一个流传于埃塞俄比亚的民间传说。辛塔耶胡王子非常聪明，但是胆子却很小。国王为了锻炼他，让他去森林打猎，他却被一只鬣狗带到了邻国。辛塔耶胡在邻国有哪些遭遇呢？他能够改掉胆小的毛病吗？

　　很久以前，有一位勇敢的国王，他觉得自己年纪大了，身体也每况愈下，所以想把王位传给儿子。但是，有一点让他很担忧：王子辛塔耶胡是一个聪明、乐观的小伙子，却有一个缺点，就是胆子非常小，一听到陌生的声音就会惶恐不安。

　　这一天，国王为了锻炼王子，下令让他去森林里猎杀一只野兽，否则不准回来。辛塔耶胡独自一人待在森林里，天已经晚了，还是没打到野兽。为了不让自己害怕，他决定爬到树上睡觉。

　　不久，野兽的一声吼叫把他从睡梦中吵醒了，他十分害怕，一不小心就从树上摔了下来，落在一只正在奔跑的鬣（liè）狗身上。王子紧紧地搂着鬣狗的脖子，鬣狗驮着他穿过了大森林，一直来到另一个王国的王城中心——一个大型广场上。人们看到王子像一只猴子一样骑在鬣狗身上，都非常好奇。

"你们为什么感到惊讶啊？我之所以骑在一只鬣狗身上，是因为我的坐骑——一头狮子的腿瘸了，否则的话，狮子会驮着我回到我的王宫中，我更喜欢骑着狮子满街跑。"王子对着惊讶万分的人群大声喊道。

这一幕被这个王国的耶图公主看到了，她也听到了王子说的话，并一下子爱上了这个陌生的小伙子。但是聪明的公主心里十分清楚，小伙子是因为害怕才对人们说出那样的话的，他根本就是在装腔作势。王子也看到了耶图公主，他被她的美貌深深吸引了。

词语在线

装腔作势：故意做作，装出某种情态。

不久后，辛塔耶胡王子和耶图公主准备结婚。但是，他们在结婚之前收到一个消息：一头狮子袭击了附近的村庄，并吃掉了几个村民。这个王国的国王也就是耶图公主的父亲命令辛塔耶胡王子前去抓捕狮子，回来后再举行婚礼。

公主给王子带来了大麦酒和蜂蜜酒，因为她听说人在喝了酒后会忘记恐惧。王子喝了一些酒，果然忘记了恐惧。他把剩下的酒挂在马背上，骑着马勇敢地来到了被狮子袭击过的村庄，他爬上一棵树，并待在树上等待着狮子再次出现。由于等的时间太久，他睡着了。不久，王子在睡梦中再次不小心从树上掉了下来，他的马因此受惊，撞在了一棵树上，所有的大麦酒和蜂蜜酒都洒到了地上。浓郁的酒香飘了出去，狮子嗅着味道来到树下，一口气将地上的大麦酒和蜂蜜酒舔完了，然后躺在地上呼呼大睡起来。王子昏昏沉沉地在树下睡了一会儿，以为狮子不会出现，就决定骑着马回去。没想到，他竟然迷迷糊糊地骑到了狮子的身上，并把狮子当成了自己的马，用力拍打起狮子的屁股。

受惊的狮子驮着辛塔耶胡王子朝着城市的方向疯狂地跑去，直抵城市的广场，广场上的民众全都不敢相信自己眼前的一幕。最后，被酒精控制的狮子精疲力竭地瘫倒在地。这时候，王子已经完全清醒了，他说："我原本打算杀死狮子，但是，我的马逃跑了。没办法，我只能骑着狮子回来！"国王见女婿如此英勇，十分高兴。

不久，王子和公主举行了隆重的婚礼。后来，王子带着妻子回到了自己的王国。王子的父亲听说了儿子在邻国的英勇事迹，放心地将王位传给了儿子。有了公主的陪伴和鼓励，辛塔耶胡慢慢地不再怯懦，胆子变大了。他们的生活幸福美满，而那只鬣狗和那头狮子也被带回了王宫，当然，是在离新国王的寝宫很远的地方。

名师点评

王子完全靠幸运"制伏"了狮子，不过他自我吹嘘的这份机智不得不令人赞叹。

品读赏析

王子虽然胆小，但是凭着机智和幸运，成功通过了两位国王的考验，这个过程非常有趣。这个故事告诉我们，胆小并不可怕，但是不能在遇到害怕的东西时变得手足无措，而是要积极想办法应对，并逐渐改掉胆小的毛病。

写作积累 XIEZUO JILEI

每况愈下　装腔作势　昏昏沉沉　瘫倒　怯懦

·王子紧紧地搂着鬣狗的脖子，鬣狗驮着他穿过了大森林，一直来到另一个王国的王城中心———一个大型广场上。

·浓郁的酒香飘了出去，狮子嗅着味道来到树下，一口气将地上的大麦酒和蜂蜜酒舔完了，然后躺在地上呼呼大睡起来。

·他们的生活幸福美满，而那只鬣狗和那头狮子也被带回了王宫，当然，是在离新国王的寝宫很远的地方。

思考练习

1. 王子是如何与耶图公主相遇的?

2. 王子是何如降伏狮子的?

3. 王子身上有哪些优点和缺点呢?

辛格比捉弄老北风

在印第安的神话与传说中，万事万物都是有思想、会说话的，其中就包括北风。北风是一个名叫卡比昂欧卡的暴躁老头，他因将北方的大部分生物驱逐到南方而自得。但是，一个名叫辛格比的快乐又勇敢的年轻渔民却不怕他，还把他戏弄了一番。这是怎么回事呢？

  冬天里的一个傍晚，孩子们冒着雪聚集到了擅长讲故事的艾俄古爷爷家里。老艾俄古所讲的故事除了他自己见到和听到的，还有从他爷爷以及他爷爷的爷爷那里传下来的。再也没有比他更博学的印第安人了，他知道知更鸟胸前的毛为什么是红的，知道火是怎样钻到木头里去的，知道郊狼为什么比其他动物更聪明……孩子们相信，艾俄古是因为听得懂鸟儿和野兽的语言，所以才知道这些故事的。

  今天，艾俄古还没有开始讲故事，天却越来越冷了，呼啸的北风从棚屋外刮过，"呼，呼！"刮得孩子们心惊肉跳。一个名叫晨曦的女孩子是胆子最小的，她听到北风的声音就站了起来，走过来抓着艾俄古的胳膊说："啊，艾俄古爷爷，北风会不会伤害我们呢？"

艾俄古笑着往火堆里扔了一根木柴，说道："不用怕，只要你们快乐又勇敢，北风就无法伤害你们。我来给你们讲一个辛格比捉弄老北风的故事吧。"

名师点评

艾俄古的话巧妙地引出了故事，又是对整个故事中心思想的总结，非常巧妙。

下面就是艾俄古讲的那个故事：

很久以前，在大地上人还很少的时候，北方就出现了一个渔民部落。他们之所以会来到这个寒冷的地方，就是因为夏天可以在这里捕到最好的鱼。而到了冬天，渔民们就不得不离开这个冰封的世界了，因为到了冬天，冰原上的主人就变成了卡比昂欧卡，也就是可怕的北风。

卡比昂欧卡贪婪而霸道，他一心想让整个世界都变成冰雪覆盖的荒原。万幸的是，他有一个强大的敌人，那就是南风沙文达斯。沙文达斯经过的地方，紫罗兰和野玫瑰都会盛开，瓜果都开始生长，鸟儿们在树林里快乐地飞来飞去。看到绿意盎然、充满欢笑的大地，沙文达斯会满意地爬上山顶，把烟丝塞满烟斗，悠闲地抽起来，吐出来的烟雾笼罩住山丘和湖水，让一切像仙境一样静谧（mì）、美丽。但是，沙文达斯每隔一段时间就会睡着，那时候卡比昂欧卡就会趁机占领这里，直到沙文达斯醒来，卡比昂欧卡才会离开。

词语在线

静谧:安静。

现在，渔民们知道山顶上的沙文达斯快要睡着了，那个怪脾气的老头马上就要来赶走他们了，所以他们开始更加辛勤地撒网捕鱼。这天早上，渔民们正要撒网，看到湖面上已经结了薄薄的冰，他们住的帐篷顶上也落着厚厚的霜。一切都再明显不过了：卡比昂欧卡就要来啦！

这一天，渔民们依然能轻易凿开冰层捕鱼，但不到傍晚，天空就飘起了鹅毛大雪。大家都看到郊狼们披着浓密的白色冬衣觅食，甚至还听到了远方传来的隐隐的怒嚎声。

"看起来卡比昂欧卡已经从更北的地方赶过来了，我们真得走了！"最年长的渔民说。同伴们纷纷响应，开始收起渔具走回各自的帐篷，准备离开。

只有潜水高手辛格比没有动，他是一个非常爱笑的小伙子，无论什么情况都不会让他变得沮丧。现在，他也只是笑笑："我们为什么不继续打鱼呢？在冰上凿洞钓鱼不也很好吗？我才不怕老北风呢！"

老渔民惊讶地看着这个第一年来到这里的"初生牛犊"，觉得他还是太年轻了，没有见识过卡比昂欧卡的厉害。于是，他走近辛格比，说道："小伙子，你还是跟我们走吧！卡比昂欧卡真的太强大了，他吹一口气就会让森林里最粗的树木折腰，手指轻轻碰触一下就会让最宽的河流冻结。你觉得自己是一只熊还是一条鱼呢？只有它们才能在卡比昂欧卡的淫威下存活下去。"

词语在线

淫威：滥用的威势。

没想到，辛格比却笑得更大声了："我既不是熊也不是鱼，但是我找海狸大哥借来了毛皮大衣，又向麝（shè）鼠表弟借来一副厚厚的手套，有了这些，白天我就不冷了。至于晚上，我躲进棚屋，点上火，卡比昂欧卡就更不能奈何我了。"

渔民们发现无法说服辛格比，只能伤心地离去。他们都很喜欢这个年轻人，但是觉得再也无法见到他了。

大家走后，辛格比依然在继续干活儿，他先是储存了足量的干树皮、树枝、松叶，足够烧上整整一个月亮（印第安人没有钟表，他们会将一轮新月升起、变圆、残缺，直到下一轮新月升起的时间称为一个月亮）。至于吃的，完全不用愁，他非常擅长从冰窟窿里钓鱼，所以每天都会拖着一大串鱼往家走，路上还会开心地唱起一首自己编的小曲儿：

"北风卡比昂欧卡，
敢来吓我试试吧。
仗着块头欺负人，
早晚让你把我怕！"

这一天，卡比昂欧卡走出森林，看着一片光秃秃的大地，不禁为自己的强大而扬扬自得。这时，他突然听到了一阵歌声，仔细一听，歌词竟然对自己充满了轻蔑。这还得了？从来没有被如此轻视过的卡比昂欧卡循着歌声，看到了走在雪地里的辛格比。

"呼，呼！"卡比昂欧卡气得直喘粗气，"我一定要让这个鲁莽的两腿生物付出代价！没有人类能在我的地盘逗留，连野鹅和苍鹭都逃到南方了，我要让他认识到谁才是冰原的主人。今晚我就要冲进他的棚屋，吹熄他的火，让灰尘四处飞扬。呼，呼！"

夜晚很快就到了，辛格比坐在屋里烧得极旺的火堆旁，小腿暖暖的。他正高兴地烤着一条今天新抓的鱼。看着鱼又新鲜又酥软，他开始替自己的同伴们惋惜："这里鱼这么多，他们竟然离开了。"

想着想着，他就说出了声："他们还以为卡比昂欧卡是个无人能对抗的魔法师呢，但是在我看来，他也不过是个普通人罢了，因为虽然我比他怕冷，但他可比我怕热！"

最后这句话让他得意极了，于是他突然大笑着唱起歌来：

"坏脾气的老北风，
有本事将我冻成冰。
就算你力气全用光，
靠着火我就心不慌！"

他唱了一遍又一遍，完全没有注意外面的鹅毛大雪已经完全盖住了这座小屋。这当然是卡比昂欧卡的杰作，但是他没想到的是，厚厚的雪不仅没让屋内变得更冷，反而像一层毯子一样替小屋挡住了寒风。

弄巧成拙的卡比昂欧卡生气极了，他在空中冲着小屋的烟囱吼叫起来，声音极为狂野可怕。一般人听到后准会吓一跳，没想到辛格比又大笑起来，他正嫌小屋里太安静呢，这种声音反而成了他的消遣。

于是他也学着北风的声音说："呼，呼！你好啊，卡比昂欧卡。你可别光顾着吹气呀，别把你的腮帮子吹破了。"

卡比昂欧卡才不管他说什么，而是吹得更起劲了，这下小屋都被吹得晃了起来，水牛皮做的门帘在风中噼里啪啦作响。

"别光在寒冷的屋外吹了，进来暖暖身子吧，卡比昂欧卡！"辛格比开心地招呼北风。

听到辛格比的嘲笑，暴躁的卡比昂欧卡用尽全身的力气撞向门帘，系门帘的鹿皮绳一下子断了，他真的进入了小屋。他身上的雪被火一烤，就在小屋内形成了一层浓雾。

辛格比假装没看到他，唱着歌往火堆里又扔了一根粗大的松木。含有松脂的松木特别易燃，火势一下子旺了起来，连辛格比都被这热浪压迫得不得不往后挪了一下。他特别想知道怕热的卡比昂欧卡会怎样，于是偷偷瞟了一眼，这一眼乐得他眉开眼笑。只见卡比昂欧卡的额头不断地流下汗水，仿佛瀑布一般，他头上的白雪与冰凌也消失不见了。毫无疑问，暴躁的老北风开始像孩子们三月里堆成的雪人一样迅速地融化了！卡比昂欧卡的鼻子和耳朵变得越来越小，身高也变矮了，再待下去，这位冰原之王就会变成一摊水了。

辛格比假装刚看到他，热情地打招呼说："哎呀，这不是我亲爱的邻居老北风吗？你一定冻坏了吧，快来火堆边烤烤手、暖暖脚。"

但是卡比昂欧卡一刻都待不下去了，他像来的时候那样迅速从门口逃了出去。一回到寒冷的空气中，卡比昂欧卡又变得生龙活虎了，而且更加愤怒。他奈何不了辛格比，就对着身边的一切撒气：他狠狠踩踏地面，让雪变得像铁一样硬；他朝着森林吹气，折断了无数坚硬的树枝；他追逐着出来觅食的狐狸和郊狼，使得它们不得不找个地方躲起来。

大闹了一通之后，他还是觉得不解气，于是再一次来

词语在线

眉开眼笑：形容高兴愉快的样子。

到辛格比的棚屋前，从烟囱口朝里面大吼："出来，你敢不敢跟我在雪地里摔跤？我要让你见识一下北风的厉害！"

辛格比听到了卡比昂欧卡的挑衅（xìn）之后并没有冲动，他思考道："火将他的力量削弱了不少，我的身体已经烤得非常暖和，而且还穿得这么保暖，一定能打败他。只要这次我胜利了，他就再也不会来找我的麻烦了，我就可以在这里想待多久就待多久了。"

于是，辛格比走出小屋，来到比他高大得多的卡比昂欧卡面前。一场大战开始了，他俩在坚硬的雪地上扭来扭去、滚来滚去，打得难解难分。就这样，两人摔了整整一夜，连住在附近的狐狸们都从洞里钻出来看热闹。渐渐地，辛格比由于吃得饱、穿得暖，又通过运动让身体一直很暖和，所以越战越勇。与此同时，他感到他的对手的力量越来越弱，卡比昂欧卡那原本强劲而冰冷的呼吸，慢慢地变成了虚弱的叹息。

终于，太阳升起来了，两个对手气喘吁吁地面对面站着，他们的比试结束了，辛格比取得了胜利。绝望的卡比昂欧卡输了，于是哀号着向北狂奔而去，一直跑到白兔之原才停下来，但耳边一直响着辛格比那爽朗的笑声。原来，快乐又勇敢的人，连强大的北风也能打败。

词语在线

挑衅：借端生事，企图引起冲突或战争。

品读赏析

卡比昂欧卡作为冬天的神灵，能将大地上的一切冰冻，却输在了一个自信、开朗的小伙子手里。辛格比凭借着自己的自信和强壮，没有屈服于恶劣的自然环境，终于赶跑了暴躁的老北风。从他身上，我们看到了勇敢和乐观的力量，也窥探到了人类征服自然的奥秘。

写作积累 XIEZUO JILEI

静谧　淫威　鲁莽　眉开眼笑　挑衅

·再也没有比他更博学的印第安人了，他知道知更鸟胸前的毛为什么是红的，知道火是怎样钻到木头里去的，知道郊狼为什么比其他动物更聪明……

·不用怕，只要你们快乐又勇敢，北风就无法伤害你们。

·看到绿意盎然、充满欢笑的大地，沙文达斯会满意地爬上山顶，把烟丝塞满烟斗，悠闲地抽起来，吐出来的烟雾笼罩住山丘和湖水，让一切像仙境一样静谧、美丽。

·他们还以为卡比昂欧卡是个无人能对抗的魔法师呢，但是在我看来，他也不过是个普通人罢了，因为虽然我比他怕冷，但他可比我怕热！

·只见卡比昂欧卡的额头不断地流下汗水，仿佛瀑布一般，他头上的白雪与冰凌也消失不见了。毫无疑问，暴躁的老北风开始像孩子们三月里堆成的雪人一样迅速地融化了！

·绝望的卡比昂欧卡输了，于是哀号着向北狂奔而去，一直跑到白兔之原才停下来，但耳边一直响着辛格比那爽朗的笑声。

思考练习

1. 渔民们为什么会害怕卡比昂欧卡？

2. 辛格比战胜卡比昂欧卡的有力"武器"是什么？

3. 这个故事带给你哪些启示？

云端的孩子

  美丽的山谷中，一块迅速生长的岩石将两个孩子带到了云端之上。孩子的父母请来山谷中的动物们帮忙救孩子，大家各抒己见，进行了各种各样的尝试，都没能成功。难道两个孩子就要永远沉睡在云端了吗？谁能把他们救下来呢？

  一天傍晚，孩子们又来找艾俄古讲故事。但是，从孩子们进门以来，艾俄古的眼睛就始终盯着火堆中的余焰。懂事的孩子们耐心等待着，但是看着像石像一般一动不动的艾俄古，孩子们不由得担心起来，觉得今天恐怕没有动人的睡前故事听了。就在孩子们细声细语地讨论着要不要就这样回家时，晨曦终于忍不住了。

  "艾俄古爷爷！"她开口叫了一声，艾俄古突然直起身子，仿佛刚刚从梦中归来。

  "怎么了，小晨曦？"艾俄古温柔地问这个问题最多的小姑娘。

名师点评

晨曦的话既引出了故事，又有很强的哲理意味，难怪博学的艾俄古会表情严肃地回答她。

"请您告诉我，大山是从古至今一直都在这里的吗？"

这个问题一下子让艾俄古的表情严肃起来，他点了点满是白发却充满智慧的头，说道："这也是我一直以来思考的问题。我觉得大山的确在天地被创造出来后就一直在这里了，但是有一座高山并非一直在这儿的，因为它是突然变高的。我有没有给你们讲过大岩山的故事——就是关于那座山如何不断升高、把小孩子带到云端的故事？"

"没有讲过！"孩子们异口同声地回答，"请您现在就给我们讲一下吧。"

艾俄古说："好吧。这个故事是我从我爷爷那里听来的，我爷爷则是从他爷爷那里听来的。我爷爷的爷爷年龄是非常大的，所以这个故事发生时他可能目睹了一切呢。"

下面就是艾俄古所讲的故事：

那是在很久以前，就在离我们不远的一个美丽的山谷中，生活着一家人。这家有一个儿子和一个女儿，女孩的名字叫作晨曦，男孩的名字叫作鹰羽，是的，他们跟可爱的晨曦与她的弟弟鹰羽同名。再也没有比这个山谷更适合孩子玩耍的地方了。绿地毯一样的草遍布山谷，百花齐放，鸟儿歌唱，山谷中没有任何令人害怕的东西，姐弟俩总是与欢快的蝴蝶、可爱的松鼠、勤劳的蜜蜂一起玩儿。山谷中并非没有大块头，但那时候人类和动物和平相处，动物们不像现在一样被关着，而是在山谷中自由自在地生活。熊懒惰又善良，它们夏天吃浆果和野蜂蜜，到了冬天就会躲进洞穴一觉睡到春天。举止高雅的鹿常常到两个孩子玩耍的地方吃嫩

词语在线

大块头：胖子；身材高大的人。这里指体形较大的动物。

草，就连郊狼和山狮都对人类非常友善。

这一天，晨曦和鹰羽在森林里玩了很久，觉得身上有点儿冷，于是来到日光充足的小河边，想要晒晒太阳。这时，眼尖的鹰羽看到河边有一块几英尺高的岩石，又大又平，上面长着苔藓。他觉得那里非常适合晒太阳。于是，鹰羽对姐姐说："我们去那块石头上吧，我们还从没爬过呢，肯定好玩儿极了。"

晨曦立刻同意了，于是她努力从岩石一侧爬了上去，又把弟弟也拉了上去，接着就开始躺下晒太阳。姐弟俩很快就在和煦（xù）的阳光下沉沉睡去。但是接下来的事出乎所有人的意料：那块岩石开始上升、变大，第二天高度就超过了附近所有山丘成为周围最高的山。

词语在线

和煦：温暖。

两个孩子失踪的第一天，他们的父母就开始找他们，但是谁也没注意到他们爬到了岩石顶上，甚至连岩石变高了都没注意到。因此，两个孩子的父母问了很多动物，得到的回答都是没见过他们。最后，几乎陷入绝望的两人遇到了郊狼，它是动物中最聪明的。他们连忙问郊狼是否见到了晨曦和鹰羽，郊狼也回答自己很久没看到两个孩子了。

"不过，"郊狼补充说，"我的鼻子非常灵敏，应该能帮上你们。"

于是郊狼就跟在两个孩子的父母身旁，在河边嗅来嗅去，接着径直跑到岩石边，两只前爪抵着岩石又嗅了很久，回头对孩子的父母说："没有错，你们的孩子一定就在这块岩石顶上。"

"这怎么可能？他们是怎么爬上去的？"看到这高耸入云、望不见顶的岩石，孩子的父母产生这种疑问是很正常的。

"这并不是目前最紧要的问题，"郊狼严肃地说，其实它只是不想承认世界上还有它不知道的事情罢了，"现在最关键的是把他们救下来。"

于是他们分头召集了所有的动物，讨论该怎么救人。

熊说："这岩石光溜溜的，没法攀登，要是我能抱住它就好了，那样还能爬上去。可惜它太大了。"

狐狸说："这如果不是一座高山，而是一个深洞，我就可以立刻把他们救上来。"

海狸说："如果是在水里，我立刻就能游下去，但是山上我就无能为力了。"

这时，最擅长攀岩的羚羊纵身一跳，跳得很高，但还是落在了地上，因为光溜溜的岩石边上根本没有落脚点。自信的山狮纵身一跳，也不过几米高，落下来摔了个四脚朝天。这时，几只杜鹃飞了过来，大家顿时欢呼雀跃起来。杜鹃们听到他们的要求，立刻向上飞去，大家仰着头看着它们，一直到它们变成了几个小黑点。最终，杜鹃们筋疲力尽地飞了回来，说它们无法再飞得更高了，但还是没有看到山顶，孩子们肯定已经在云端了。要想到达那里，恐怕只有苍鹰才能做到，遗憾的是，这个山谷上空从来都没有苍鹰一类的大鸟出现过。

没人知道接下来该怎么做了，但他们都清楚，绝对不能让晨曦和鹰羽就这样永远沉睡在云端。这时，一个非常细小的声音说道："我来试一试吧，我可以爬上岩石的。"

大家吃惊地四处张望，过了很久也不知道说话的是谁。最后还是眼尖的长耳兔看到了声音的来源——一条滑稽的弓着背向前爬行的尺蠖（huò）。

"呵，呵！"发出声音的是以山谷之王自居的山狮，它觉得连自己都失败了，这条小虫子却放肆地认为自己能够成功，它感到尊严受到了冒犯。其他动物也七嘴八舌地讨论起来，结果是：反正大家已经无计可施了，为什么不让尺蠖试试呢？

尺蠖：一种昆虫（尺蠖蛾）的幼虫，行动时身体向上弯成弧状，像用大拇指和中指量距离一样，所以叫尺蠖。

于是，尺蠖慢慢爬到岩石边，稳稳地抓住了岩石，开始向上爬。没过几分钟，就爬到羚羊跳到的地方了，又过了一会儿，就超过了山狮跃起的高度。又过了一段时间，它就爬出大家的视线了。此后的一个月里，尺蠖没日没夜地往上爬，终于爬到了位于云彩中的岩石顶端，喊醒了晨曦和鹰羽。两个孩子醒来后吓得瑟瑟发抖，聪明的尺蠖在爬上来时就发现了一条没人知道的小道，于是引导着两个孩子下山了。

就这样，弱小的尺蠖通过努力和坚持，完成了高大强壮的熊和山狮都做不到的事。现在那个山谷里已经没有熊和山狮了，也没有人怀念它们，但是人们都非常怀念尺蠖，于是将那座大岩山命名为图拖可阿奴拉，也就是尺蠖的意思。一座高山竟然以尺蠖这个小家伙的名字命名，你们不要觉得不相称，想想尺蠖的勇敢事迹，就知道它是完全有这个资格的。

品读赏析

　　高大的山狮、聪明的郊狼、能够飞翔的杜鹃，都无法登上高耸入云的岩石救下孩子，而小小的尺蠖却凭借自己的坚韧完成了这个艰巨的任务。这让我们认识到，一切生物都有自己的优点，我们不能有骄傲自满的心理。同时，故事中人与动物和谐相处的场景，也令我们向往不已。

写作积累
XIEZUO JILEI

异口同声　大块头　和煦　欢呼雀跃　冒犯　瑟瑟发抖

　　·再也没有比这个山谷更适合孩子玩耍的地方了。绿地毯一样的草遍布山谷，百花齐放，鸟儿歌唱，山谷中没有任何令人害怕的东西，姐弟俩总是与欢快的蝴蝶、可爱的松鼠、勤劳的蜜蜂一起玩儿。

　　·没人知道接下来该怎么做了，但他们都清楚，绝对不能让晨曦和鹰羽就这样永远沉睡在云端。

　　·一座高山竟然以尺蠖这个小家伙的名字命名，你们不要觉得不相称，想想尺蠖的勇敢事迹，就知道它是完全有这个资格的。

思考练习

1. 故事中的山谷有哪些动人之处？
2. 尺蠖为什么能成功救下孩子们？
3. 这个故事告诉我们哪些道理？

延伸阅读

浅谈神话与传说

在大家的意识里，神话和传说就像一对形影不离的孪生姐妹，很难弄清它们之间的异同。实际上，神话与传说是两种不同的故事类型。神话，是关于神仙或神化的古代英雄的故事，是古代人民对自然现象和社会生活的一种天真的解释和美好的向往；传说，则是群众口头上流传的关于某人某事的叙述或某种说法。从这两个概念可以看出，神话讲述的必须是神仙的故事，而传说则偏重于古代某个真实存在或虚构出的人物的故事。因此，神话会带有明显的非理性色彩，而传说即使有着一定的神话色彩，也必须暗含人世间的行为准则。

通常来说，神话的出现是早于传说的。早在文字出现之前，上古时期的人类出于对当时未知的自然现象的畏惧，就创造了很多神话，而那个时期并没有确切的历史记录，杰出人物往往都被神化了，也就是说传说还包含在神话之内。例如我们崇敬的造人、补天的女神女娲，就有可能是某个母系氏族部落的首领，但有关她的故事统统都被归到神话之内。值得注意的是，"神话"在我国是一个外来语，民国时期才传入中国，在此之前，中国的神话被称为"神仙传说"。

最初的神话总是产生在史前的远古时代，而传说相对就没有那么遥远。随着生产力的发展和严格的社会阶级的出现，很多杰出的人物登上了历史舞台。人们除了继续崇拜缥缈的神话人物，也为这些真实存在的人物倾倒，开始为他们附会很多故事，传说也随之诞生。当然，如果这些杰出人物实在过于出色，也会一步步被推到神仙的位置，甚至直接从神话中取材并附会到他们身上，出现历史传说化和神话历史化的双重倾向。随着传说的增多，单纯地将故事附会到历史人物身上已经无法满足人们的精神需求，这时就诞生了很多虚构的传说人物，并逐渐扩展到历史事件、地方文物、自然风光、社会习俗等诸多方面，传说的复杂程度和精彩程度随之不断提升。

　　客观上，神话与传说往往是交织并存的，神话故事的主角可以是某个真实存在的历史人物，而刻画某个传说人物时也极有可能带有一定的神话色彩。神话和传说一起成为后世文学取之不尽、用之不竭的源泉。